照れ降れ長屋風聞帖【十四】

盆の雨

坂岡真

JN020382

双葉文庫

目次

清兵衛《せいべえ》の恋

一

文政《ぶんせい》十年（一八二七）、五月芒種《ぼうしゅ》。

梅雨《つゆ》の晴れ間、浅間三左衛門《あさまさんざえもん》は女房のおまつに「ちょいと付きあってほしい」と頼まれ、日本橋照降町《にほんばしてりふりちょう》の裏長屋から神田川《かんだがわ》を越えて、下谷広小路《したやひろこうじ》までやってきた。

賑《にぎ》やかな表通りでは植木市が催《もよお》され、盆栽《ぼんさい》などとともに、菖蒲《あやめ》や紫陽花《あじさい》といった旬《しゅん》の花々が咲きほころんでいる。威勢のよい香具師《やし》の呼び声が飛びかうなか、着飾った町娘たちの艶姿《あですがた》も目に眩《まぶ》しい。

「おまえさんとこうして歩くのも、久しぶりよねえ」

感慨深げにこぼすおまつの横顔はいつになく艶《つや》めいてみえ、所帯窶《しょたいやつ》れしたところなど微塵《みじん》も感じられない。

いっしょになって、もう十年か。

三左衛門は四十六、おまつは三十七になった。

かつて、三左衛門は大名家の歴《れっき》とした陪臣《ばいしん》だった。小禄《しょうろく》役人の三男坊に生まれ、上州富岡《じょうしゅうとみおか》の七日市藩《なのかいちはん》に禄を食《は》んでいた。藩内でも屈指の剣技を買われ、殿様を警護する馬廻《うままわ》り役《やく》に任ぜられていたのだ。

ところが、人を斬り、出奔《しゅっぽん》した。

七日市藩の藩祖は前田利孝《まえだとしたか》、加賀《かが》百万石を築きあげた前田利家《としいえ》の五男坊だ。大坂《おおさか》の陣《じん》で功をあげ、一万石の大名になった。ところが、城さえもつことを許されない小藩の宿命で、開藩当初から財政難に苦しみ、加賀本家より援助を受けつづけてきた。

一時は養蚕業《ようさんぎょう》で財政の立てなおしをはかったものの、解決にはいたらず、殿様は本家への体面もあり、ついに藩士の首を大量に切らねばならなくなった。そうしたなか、首切りの対象となった藩士数名が、城下で殿様の駕籠《かご》を襲撃するという暴挙におよんだ。前代未聞《ぜんだいみもん》の出来事である。

警護役の三左衛門は奮戦し、暴走した藩士たちをことごとく斬りすてた。

数日後、九死に一生を得た殿様から褒美《ほうび》を賜《たまわ》った。

だが、嬉しさは欠片《かけら》もなく、苦いおもいだけが胸に去来した。

斬りすてた藩士のなかに、朋輩《ほうばい》がふくまれていたからだ。

悩んだあげく、出奔を決意した。

新しい人生を踏みだしたいと願い、江戸へやってきた。

そこで、おまつとめぐりあった。

おまつは裕福な糸問屋の娘として生を受け、商売の縁で紺屋《こうや》へ嫁《とつ》いだ。一子をもうけたものの、遊び人の亭主に三行半《みくだりはん》を書かせて、娘とともに出戻っていた。不運はつづき、実家は蔵荒らしに遭《あ》って潰《つぶ》れ、双親《ふたおや》を相次いで亡くした。

そうしたなかでも気丈さを保つおまつに三左衛門は惚《ほ》れ、ひとつ屋根の下で暮らすようになった。

おまつとの出逢いは、今でも運命《さだめ》だとおもっている。

「いつまで経っても変わらぬ」

おぬしは縹緻良《きりょうよ》しだなと言いかけ、三左衛門は気恥ずかしいので黙った。

おまつはそれと察したのか、ふっと微笑《ほほえ》み、足早に通りを抜けていく。

仁王門《におうもん》へ通じる三橋《みはし》の手前を左手に曲がれば池之端《いけのはた》、蓮《はす》の名所でもある不忍池《しのばずのいけ》の畔《ほとり》には惚れあった男女の忍びあう出合《であ》い茶屋《ぢゃや》が並んでいた。

そちらまでは行かず、元黒門町《もとくろもんちょう》の裏通りにある葦簀《よしず》張りの水茶屋へ足を向けた。

「ほら、あそこ」

緋毛氈《ひもうせん》の敷かれた床几《しょうぎ》の隅に、四十過ぎの小柄な男が座っている。

一見してお店者《たなもの》とわかるその男は、笑いかけた頬《ほお》をわずかに強張《こわば》らせ、ぎこちなく立ちあがるなり、深々とお辞儀をしてみせた。

「お待たせして申し訳ございませんね。おまえさん、こちらが伊勢波《いせなみ》の番頭さん、清兵衛《せいべえ》さんですよ」

なるほど、おまつに聞かされていたとおりの男だ。

顔の造作《ぞうさく》こそ人並みだが、両耳が兎《うさぎ》のように尖《とが》っている。しかも、右耳の穴から海松色《みるいろ》の苔《こけ》のようなものが生えていた。「苔兵衛《こけべえ》」なんぞと陰口をたたかれ、気味悪がられたあげく、四十を過ぎても嫁を貰えずにいると聞いたときは、おもわず吹きだしてしまったが、本人にしてみれば深刻な悩みにちがいない。

「清兵衛さん、こちらが亭主です。楊枝削《ようじけず》りと扇《おうぎ》の絵付けが得意な侍でしてね、女房のわたしが自慢するのも何だけど、いざとなれば頼りになるひとなんですよ。ご近所からは、甲斐性無《かいしょうな》しのろくでなしの赤鰯《あかいわし》なんぞと小馬鹿にされてておりますけど、禄はなくとも骨はある、骨さえあれば他はいらぬ、とも言うでしょう。ともかく、やるときはやる亭主なんですよ」

妙な言いまわしで紹介され、三左衛門はぺこりと頭をさげた。

損料屋《そんりょうや》で借りた紬《つむぎ》の着物を纏《まと》い、腰には黒鞘《くろざや》の大小を差している。おまつにきつく言われたので、五分月代《ごぶさかやき》も無精髭《ぶしょうひげ》も剃《そ》ってはきたが、どうにも風采《ふうさい》があがらない。生来《しょうらい》のものなのか、それとも、浪人になってから身に染みついた貧乏臭さのせいなのか、三左衛門からは威風《いふう》のようなものが欠片も感じられなかった。

それはけっしてわるいことではない。

初対面の相手に恐れを抱かせず、気を遣わせることもないからだ。

当然のことながら、おまつも承知のうえで三左衛門を連れてきた。

何はともあれ、今日の主役は京橋《きょうばし》で足袋屋《たびや》を営む伊勢波の番頭だ。

「どうだい、おまえさん。言ったとおり、誠実を絵に描いたような番頭さんだろう。十二の丁稚奉公《でっちぼうこう》から数えて三十五年、清兵衛さん無しで伊勢波の帳場はまわらないとね、誰もが口を揃《そろ》えるほどの御仁《ごじん》なのさ」

銭勘定《ぜにかんじょう》はお手のものだし、性格は温厚で優しい。酒も呑まねば、女遊びも博《ばく》打《ち》もやらぬ。こつこつと貯めた小金もあるし、嫁ぐ相手としては申し分なかろう。

ところが、良縁に見放されていた。

詰まるところ、おもしろみがない。

耳に生えた苔よりも、そちらのほうが理由としては大きいようだ。

このほど、伊勢波の主人である徳右衛門《とくえもん》から暖簾《のれん》分けを許され、めでたく首尾《しゅび》能《よ》く暇《いとま》とあいなったが、独り者では格好がつかないということで、信頼のおけるおまつに仲人《なこうど》の依頼があった。

いざというとき、逃げださぬように見張っていてほしいと、三左衛門は命じられている。

聞けば、清兵衛は見合いの席から遁走《とんそう》したことがあったという。

理由も告げず、尻尾《しっぽ》を巻いて逃げたのだ。

おまつは赤《あか》っ恥《ぱじ》を掻《か》かされ、もう二度と面倒はみたくないと公言したが、伊勢波の主人から「清兵衛の縁談をまとめられるのは、江戸広しといえども、おまつさんしかいない」と頭をさげられ、仕方なく重い腰をあげた。

「なにせ、手前はすぐ赤くなる性質《たち》なもので」

清兵衛は言ったそばから、耳まで真っ赤に染める。

気に入った娘の面前では、頭の中が真っ白になるらしい。

そうした小心ぶりも、良縁を取りこぼしてきた要因だろう。

「清兵衛さん、こんどこそ逃げないでね」

おまつはにっこり微笑んだが、目だけは笑っていない。

「梅雨なのに、こんなに晴れるなんてね。おまえさんは運がいいよ」

「あの、おまつさん、お相手の方はどのような」

「おや、お忘れかい。すぐそこの茅町《かやちょう》一丁目で扇屋を営む涼風堂《りょうふうどう》のお嬢さまですよ」

「涼風堂の」

老舗《しにせ》の箱入り娘だったらしく、ほんわかして気立ての良い相手だという。

「歳は二十五だけど、一度嫁いでいるから、そのあたりは大目にみていただかないと。なあに、格別の事情なんてありゃしませんよ。嫁いださきの亭主が遊び人だったってだけのこと、そんなはなしは世の中にいくらだってある。このわたしだってね、二十歳で紺屋に嫁ぎ、おすずっていう娘までもうけたけれど、浮気性の亭主に愛想を尽かし、三行半を書かせたんだ。ええ、おかげさまで、今の亭主と縁ができたってわけ。子宝にも恵まれたよ。鉄砲水《てっぽうみず》でお江戸が水浸しになった三年前のちょうど今時分、汁粉屋《しるこや》の大屋根へ逃げたはずみに産気づいてね、うふふ、助けにきてくれた屋形船《やかたぶね》のなかで、玉のような娘を産んだのさ。幸運に恵まれた子だから、付けた名はおきち。その娘も、今では四つの可愛い盛りさ」

さすがに喋《しゃべ》りすぎたとおもったのか、おまつは口を噤《つぐ》んだ。

「ま、何はともあれ、清兵衛さんのお気持ちひとつですよ。男らしく勇気をもってね、でんと構えていなさいな」

「は、はい」

借りてきた猫のような返事をする清兵衛が、頼りなさそうに見えた。

うまく事が運んでほしいものだと、三左衛門は祈らずにいられない。

やがて、池畔《ちはん》のほうから、華やかな連中があらわれた。

おまつが、ぷっと小鼻を張る。

「さあ、おいでなすった。じっと見つめちゃいけないよ。さりげなく、ちらっと見るだけですからね」

清兵衛は、正気を保つのに必死だ。

「ど、どなたがその、娘さんなのでしょう」

「白地に紫陽花の裾模様《すそもよう》、あのなかで一番豪勢な着物を纏《まと》ったお嬢さま、それが涼風堂のおしのさんだよ」

「おしのさん……あ、なるほど、丸髷《まるまげ》の」

「いやだねえ。それは、おっかさんのほうだよ。娘は流行《はやり》の島田髷にきまってんじゃないか。ほら、鮮やかな赤紫の裾模様が遠目からでもよう見えるだろう」

「誰かの蔭に隠れて、いっこうに見えませんが」

「そばに行ってご覧よ。ほら、ちょうど、祭文語《さいもんかたり》のでろれん左衛門がやってきた。素見《ひやか》すふりして、お嬢さんのお顔を拝見するんだよ」

清兵衛は尻を叩かれ、つまずきながらも駆けていく。

「ほら、おまえさんも追っかけて」

と、三左衛門もけしかけられた。

「逃げられたら、承知しないよ」

おまつの恐れたとおり、清兵衛はくるっと踵《きびす》を返す。

「おっと、待て」

そこへ、三左衛門が立ちはだかった。

両手をひろげ、前歯を剝《む》いて威嚇《いかく》する。

「ここで逃げたら男ではないぞ。ほれ、娘の顔を拝んでこい」

「ひぇっ」

清兵衛は頭を抱え、祭文語のほうへ駆けていった。

「でろれんでろれん、でんでろれん」

でろれん左衛門が、寂《さび》のきいた濁声《だみごえ》で歌っている。

「公方《くぼう》様は従一位《じゅいちい》太政大臣《だじょうだいじん》に任じられ、お江戸にゃ四十五箇条のお触れが発布されました。無宿浪人けしからぬ、神事婚礼は控えめに、徒党を組むのは御法度《ごはっと》よ、あれだめこれだめ窮屈な世の中つづけば困りもの、辻斬《つじぎ》り強盗跡絶たず、貧乏人は泣きくらし、金持ちだけが恵比寿顔《えびすがお》、ろくでもないこの世の中に蓮花のひとつも咲かせましょ。でろれんでろれん、でんでろれん」

剽軽《ひょうきん》な歌声に乗せて世情を憂《うれ》う祭文語はなかなかの人気で、清兵衛の駆けていったさきには見合い相手の娘たちも集まっていた。

何やら意味ありげに会話を交わし、くすくす笑っている。

その様子をちらりとみやり、小心者の番頭は髷も飛ばさんばかりに戻ってきた。

「どうだった」

汗みずくの清兵衛に向かって、おまつは嫣然《えんぜん》と笑いかける。

「拝んできたかい」

「は、はい」

「それで」

「て、手前には、もったいないお嬢さまで」

「それじゃ、いいんだね。白扇《しろおうぎ》をお渡ししてきますよ」

「お、お願いします」

清兵衛からあずかった白扇を、おまつは黒羽織《くろばおり》の襟元《えりもと》に差しこんだ。丈《たけ》があるうえに鶴首《つるくび》なので、凜《りん》として歩くすがたがひと目を惹《ひ》く。

おまつは堂々と胸を張り、祭文語を囲む人垣の狭間《はざま》へ消えていった。

白扇は求婚の印、相手の娘が受けとれば、本人同士のおもいが確かめられたものとみなされる。あとは両家のあいだで、縁談の段取りがすすんでいく。とどのつまり、めでたく祝言とあいなるわけだが、はなしがまとまれば仲人は支度金の一割を頂戴《ちょうだい》することになる。ゆえに、仲人稼業は十分一屋《じゅうぶいちや》と通称されていた。

はたして、おしのという娘は白扇を受けとってくれるのか。

三左衛門も他人事《ひとごと》ながら、鼓動《こどう》が高鳴ってくる。

清兵衛の気持ちひとつだと、おまつは太鼓判《たいこばん》を押したが、相手に拒まれないという保証はない。

「でろれんでろれん、でんでろれん」

祭文語の剽げた声が、やけに大きく聞こえてくる。

空はあっけらかんと晴れていた。

おまつが紅潮した面持ちで、いそいそと戻ってきた。

「首尾は」

三左衛門が膝を乗りだすや、恋女房はぽんと胸を叩く。

「ご安心なさいな。先様は白扇を受けとりなすったよ」

「ほ、そうか」

清兵衛もそれを聞き、精も根も尽きた様子でへたりこむ。

「おやおや、このひと、さきがおもいやられるよ」

朗《ほが》らかに笑うおまつのすがたが神々《こうごう》しい。

さすが、江戸一番の十分一屋だ。

三左衛門は誰彼《だれかれ》かまわず、自慢したくなった。

二

三日後。

ものを腐らせる雨が、朝からしとしと降っている。

三左衛門は下谷同朋町《したやどうぼうちよう》に、親交のある八尾半兵衛《やおはんべえ》を訪ね、縁側で将棋《しようぎ》を指していた。

「ほれ、王手飛車取りじゃ」

「え、お待ちを」

「ぐふふ、あきらめろ。あいかわらず、へぼじゃのう。へぼの横好きとは、おぬしのことじゃ」

三左衛門は口をへの字にし、将棋盤を睨《にら》みつける。

どう考えても、起死回生《きしかいせい》の妙手は浮かんでこない。

「口惜《くちお》しかろう。なにせ、三番つづけてわしの勝ちじゃからな。将棋はの、賢人の遊びなのさ。何番やっても、凡人のおぬしに勝ち目はない。さあ、参ったと言え。もう一番お願いしますと、額《ぬか》ずいてみせよ」

「ふん、誰が言うものか。やめたやめた、もう、こりごりだ」

手持ちの歩《ふ》を盤上にばらまき、三左衛門はごろりと不貞寝《ふてね》をきめこむ。

「しょうがないやつじゃ。礼儀を知らぬ洟垂《はなた》れと同じじゃな」

そこへ、細い目のふっくらした女性《にょしょう》が酒肴《しゅこう》を運んできた。

「あ、おつやどの、どうかお構いなく」

三左衛門は身を起こし、恐縮してみせる。

おつやは、半兵衛の惚れた相手だ。

南町奉行所の風烈廻《ふうれつまわ》り同心を辞《や》め、御家人株《ごけにんかぶ》まで売って隠居《いんきょ》した半兵衛は、妻女を病気で亡くしてから、長いあいだ孤独をかこっていた。が、今から六年ほどまえに日光詣《にっこうもう》でをした際、千住宿《せんじゅしゅく》で宿場女郎をしていたおつやにひと目惚れした。三顧《さんこ》の礼をもって恋情を伝え、抱え主に大金を惜しげもなく叩《はた》いて身請《みう》けし、江戸へ連れかえったのである。

「浅間さま」

おつやは遠慮がちに微笑み、庭の鉢植えに目をやった。

「ほら、朝顔があんなに」

花をつけていた。

白に赤に青、斑入《ふい》りに刷毛目絞《はけめしぼ》り、庭に設《しつら》えた棚という棚には、奇妙なかたちと色合いの変化朝顔の鉢植えが所狭しと並んでいる。

いずれも「下谷の鉢名人」として知られる半兵衛が丹精《たんせい》込めて育てあげたものだ。

さまざまな朝顔を交配させ、珍妙な花を咲かせる。金持ちから貧乏人まで、朝顔の栽培《さいばい》は大流行しており、なかには何百両もの値が付く代物《しろもの》もあったが、半兵衛は気に入った相手にしか売らない。たいていは、売らずに枯《か》らしてしまう。

「わしはな、鉢植えで儲《もう》けようとはおもわぬ。花も人と同じ、散り際が肝心《かんじん》でな、ちゃんと看取《みと》ってやらねば可哀相《かわいそう》じゃろう」

そんなふうに、きれいごとを並べておきながら、何鉢か売った金でおつやと温泉などに遊山《ゆさん》に行ったりする。

いずれにしろ、悠々自適《ゆうゆうじてき》に暮らす七十に近い老人のことを、三左衛門は羨《うらや》ましくおもっていた。

「そういえば、伊勢波の清兵衛はどうなった」

「え」

「耳に苔の生えた番頭のことじゃ」

「ご存じなのですか」

「風烈廻りを務めていたころから、わしは波足袋《なみたび》をこよなく愛好しておった。波足袋でなければ、履く気がせん。主人の徳右衛門はなかなかにできた男でな、ここで何度か将棋を指したこともある。振り飛車の得意なおもしろい男じゃ」

半兵衛は、ふっと喋りを止めた。

「あれ、誰のはなしだっけ」

「番頭のはなしですよ」

「おう、そうじゃ。清兵衛は手代のときから、よう知っておる。融通《ゆうずう》の利かぬ小心者じゃが、誠実さにかけては並ぶ者はおらん。わしはあやつの行く末を、ずっと案じておった。おぬしの女房が仲人を引きうけたと聞いてな、どうにか良縁に恵まれてほしいものだと、蔭ながら願っておった。おぬし、何か聞いておるのじゃろう」

三左衛門は、得意気に頷《うなず》く。

「三日前、見合いに付きあいましたよ」

「ほ、そうか。相手は」

「涼風堂の娘です」

「茅町の扇屋か」

「ええ」

半兵衛は、渋い顔になる。

「縁起《えんぎ》がわるいな」

「どうしてです」

「わからぬのか。涼風堂は坂下にある。坂の名は無縁坂《むえんざか》じゃ」

「あ、なるほど」

へそまがりの半兵衛が縁起を担《かつ》ぐのもめずらしい。

だが、無縁坂で縁が繫《つな》がるのも乙《おつ》なはなしではないか。

「今のところ、うまく運んでいるようですよ」

「ふん、さようか。なればよいがな」

半兵衛は畳に落ちた団扇《うちわ》を拾い、さり気なく煽《あお》ぎはじめた。

扇面には『涼風堂』とある。

「はは、その団扇、無縁坂で求められたようですね」

からかってみせたところへ、濡《ぬ》れ鼠《ねずみ》の男がひとり訪ねてきた。

四《よ》つ目垣《めがき》の簀戸《すど》を抜け、庭先へ顔を出す。

廻《まわ》り髪結《かみゆ》いの仙三《せんぞう》だった。

役者にしてもよさそうな優男《やさおとこ》だが、御用聞《ごようき》きとして重宝がられている。

半兵衛とおつやは上客なので、髪を結いにきたのかとおもえば、三左衛門に用事があって訪ねてきたらしい。

「おまつさまから、お言伝《ことづて》をあずかりやしてね」

「おう、どうした」

「じつは、伊勢波のご主人がお亡くなりになったそうで」

「なに、徳右衛門が死んだと」

三左衛門のかたわらで、半兵衛が入れ歯を外しかける。

昨晩遅く、本所《ほんじょ》の料理茶屋で催された宴席の帰路、向両国《むこうりょうごく》は一ツ目之橋《ひとつめのはし》の渡しから船に乗ろうとしたところ、背後から何者かに刺されたのだという。

三左衛門は腕を組み、低く唸《うな》った。

「殺しってことか」

「へい。本所廻りのはなしじゃ、物盗《ものと》りの仕業《しわざ》じゃねえかと。とにもかくにも、通夜の支度を手伝わなくちゃならないので、一刻も早く帰ってきてほしいとのことで。おまつさまは泣きながら、そう仰《おっしゃ》いやした」

「わざわざ、すまなかったな」

三左衛門は、重そうに尻を持ちあげた。

屋根を叩く雨音が、やけに大きく聞こえてくる。

半兵衛が入れ歯を押しこみ、怒ったように吐きすてた。

「おい、蛇《じゃ》の目《め》を持っていけ」

柄にもなく気を遣ってみせる頑固爺《がんこじじい》の顔は、萎《しお》れた朝顔のようだった。

三

徳右衛門の人徳を惜しみ、通夜には大勢の弔問客《ちょうもんきゃく》が集まった。

天も哀れんだのか、雨は一晩中《よっぴて》降りつづき、翌朝になっても熄《や》む気配はない。

番頭の清兵衛は悲しみを怺《こら》えつつ、奉公人たちを取りまとめ、てきぱきと通夜の差配をしていた。気丈にふるまう様子がかえって痛々しく感じられ、三左衛門は声を掛けることもできなかった。

「不運な男だ」

後《うし》ろ盾《だて》の徳右衛門を失い、暖簾《のれん》分けの夢は潰《つい》えた。

おそらくは、扇屋の娘との縁談も流れるにちがいない。

三左衛門はおまつともども朝まで付きあったが、後家になったおらくや娘のおみちから感謝されることもなければ、すみませんの挨拶《あいさつ》ひとつ貰えなかった。

無論、期待したわけではないが、ひとことあってもよさそうなものだ。

世間の常識に欠けているといえば、娘婿《むすめむこ》の良平《りようへい》は終始独《ひと》り言《ごと》をつぶやき、時折、奇声を発しては弔問客を驚かせていた。

徳右衛門亡きあと、伊勢波の暖簾を継がねばならぬ立場を重荷に感じているのか、あるいは、ほかに何か理由でもあるのか。ともあれ、近づくのも躊躇《ためら》われるほどのありさまとなり、仕舞いには奥座敷へ引っこんでしまった。

やがて、東の空が白々と明けたころ、検屍《けんし》に関わった役人たちがやってきた。

本所廻りの荒木平太夫《あらきへいだゆう》と岡っ引きの文治《ぶんじ》、このふたりは評判のよくない連中で、悪人を捕まえることよりも、袖《そで》の下を稼ぐのに忙しい。

さいわい、三左衛門は気づかれずに済んだが、ふたりに清兵衛が詰問《きつもん》されているのを見掛け、暗い気持ちにさせられた。

わるいことばかりでもなく、荒木と文治が消えたあと、半兵衛の甥《おい》っ子で南町奉行所の定町廻《じようまちまわ》りを務める八尾半四郎《はんしろう》がやってきた。

三左衛門とは六年来の友で、投句《とうく》仲間でもある。齢《よわい》三十二になった今春、遠縁で七つ年下の菜美《なみ》と所帯を持った。どことなく風格めいたものを感じるのは、一家の大黒柱になったせいであろうか。

半四郎はさっそく、はなしかけてくる。

「それにしても、おまつどのが伊勢波の主人と懇意《こんい》だったとは、何やら因縁《いんねん》を感じますね」

「でも、八尾さんの縄張りからは外れているのでしょう」

「ええ。例によって本所廻りの荒木平太夫が、首を突っこむなと、うるさいことを言ってきましたよ。なあに、かまやしません。まっさきにほとけの検屍をやったのは、このおれなんだから」

強がりを吐いても、廻り方は縄張りが荒らされるのを嫌うので、ほんとうは動きにくいにちがいない。

以前にも、こうしたことはあった。

半四郎が表で目立った動きができないときは、三左衛門が裏で動く。

このたびも阿吽《あうん》の呼吸で、そうしようということになり、ふたりは連れだって竹河岸《たけがし》沿いの一膳飯屋《いちぜんめしや》までやってきた。

梅雨時の今は、江戸前の穴子《あなご》が美味《うま》い。

背開きにした穴子の蒸し焼きを甘だれに漬けて食べる。

半四郎は平串《ひらぐし》に刺した穴子を咀嚼《そしゃく》しながら、心ノ臓を串刺しにされた足袋屋のはなしをしはじめた。

「千枚通《せんまいどお》しのようなもので、背中を刺されていましたよ」

「ほう」

鋭利な得物の先端は、徳右衛門の心ノ臓を貫いていた。

「本所廻りの連中は物盗りの仕業で済まそうとしていやがる。だが、そいつはたぶんちがう」

「というと」

昨晩、ほとけがみつかった向両国の船着場は、漆黒《しっこく》の闇に閉ざされていた。

「しかも、雨が降っていた。ほとけのそばには、破れた蛇の目が落ちていましてね。雨の闇夜で、傘《かさ》をさした相手の背中から心ノ臓をひと刺しにするのは、言うほど容易なことじゃねえ」

「すると、狙いはあくまでも、徳右衛門さんの命だったと」

「まず、まちがいありませんね」

「いったい、誰が殺《や》ったのです」

「ほとけが死んで得をする者か、ほとけを恨んでいる者か、どちらかでしょう」

徳右衛門は好人物で商いの才もあり、誰からも慕われていた。が、内々には入りくんだ事情を抱えていたらしい。

三左衛門は、興味をそそられた。

「事情とは何です」

「まず、内儀《ないぎ》のおらくは後妻でしてね」

徳右衛門は今から四年前、先妻に先立たれ、それから一年後、妾《めかけ》だったおらくを正妻に据えた。

「十五年余りまえのはなしですが、おらくは楽太郎《らくたろう》という権兵衛名《ごんべえな》で鳴らした辰巳芸者《たつみげいしゃ》だったそうです」

ところが、悪人に騙《だま》され、深川七場所《ふかがわななばしょ》のなかでも安価なことで知られる裾継《すそつぎ》の岡場所に沈められた。そののち、父親が誰かもわからぬ娘まで産んで困っていたところへ、徳右衛門が救いの手を差しのべたのだという。

三左衛門は、ふうっと溜息を吐《つ》いた。

「つまり、子連れの女郎を身請けしたということですか」

「ええ」

そして、妾宅《しょうたく》をあてがって十数年も面倒をみたあげく、先妻の死を機に正妻に直してまでしてやった。

「惚れていたんだな。心底から惚れていなけりゃ、できねえことだ」

と、半四郎はつぶやく。

「おらくは見掛けどおり、勝ち気な性分でしてね、奉公人たちのはなしじゃ、徳右衛門はたいていの我《わ》が儘《まま》は聞いてやっていたそうです。仕舞いにゃ、連れ子のおみちに良平っていうどこの馬の骨とも知れねえ婿を取り、伊勢波の跡取りに据えちまった。そいつも、おらくに尻《けつ》を掻かれてやったことだと、奉公人たちは蔭で囁《ささや》いていましてね」

半四郎はぞりっと顎《あご》を撫《な》で、ほかにも調べてきたことを教えてくれた。

「徳右衛門と先妻のあいだには、徳太郎《とくたろう》という跡取りがいました。ところが、徳右衛門がおらくを店に入れた途端、常軌《じょうき》を逸《いっ》した行いが目立つようになり、廓《くるわ》で放蕩三昧《ほうとうざんまい》の日々を繰りかえしたあげく、勘当されたそうです」

「ほほう」

勘当された実子らしき人物を、三左衛門は通夜で見掛けていない。

「来ていませんよ。耳に苔の生えた番頭が教えてくれました」

「清兵衛さんですね」

「ええ」

実直な番頭は、悲しい顔で半四郎に告げたらしい。

「死んだ徳右衛門は折をみて、息子の勘当を解きたいと願っていた。できれば、店を任せたいとまで漏らしたこともあったが、内儀のおらくや義理の娘のおみちから反対されていたそうです」

「なるほど」

三左衛門は、おらくの不機嫌そうな顔を思い浮かべた。

夫の死を悼《いた》んでいるふうでもなく、泣いても嘘泣《うそな》きにしか見えなかった。

気のせいかと、おまつに聞いたら「あれはぜったいに嘘泣きだよ」と、同じおもいを漏らしていた。

清兵衛なら、内儀が不機嫌だった理由を知っているかもしれない。

「聞いてみましたけどね」

と、半四郎はつづける。

「番頭は、黙って首を振りました」

「教えてくれなかったと」

「ええ。あれはたぶん、隠し事をしていますね」

何やら可哀相で、半四郎は厳しく追及できなかったという。

「浅間さんになら、喋ってくれるかもしれない」

徳右衛門は、何らかの秘密を抱えて死んでいった。

秘密の内容を、内儀のおらくと番頭の清兵衛は知っている。

それを探ってほしいと、半四郎は言いたいのだ。

「もうちょっと調べてみりゃ、何か出てくるかもしれない。どうです、浅間さん、やってみますか」

「はい」

迷うことなく応じると、半四郎は満足げな顔で穴子にぱくついた。

四

半四郎に煽られたせいでもないが、三左衛門は殺された晩の徳右衛門の行動を調べはじめた。

といっても、探索は得手《えて》ではないので、御用聞きの仙三に手伝ってもらったのだが、二日経って仙三は耳寄りなはなしを携《たずさ》えてきた。

徳右衛門は殺された晩、本所の料理茶屋には行っていない。

家人に告げていた寄合《よりあい》もじつは催されておらず、別のところへ足を運んでいたことがわかった。

「女のところでやすよ」

仙三は声を落とした。

徳右衛門は、本所竪川《たてかわ》に架かる二ツ目之橋の北寄りに仕舞屋《しもたや》を借り、ひそかに若い女を住まわせていた。

そこからの帰路、凶事に見舞われたというのだ。

二ツ目之橋のたもとにも桟橋がある。たまさか船が待っていなかったか、あるいは酔い醒ましに散歩でもしたくなったのか、ともあれ、向両国に近い一ツ目之橋の桟橋まで歩いていったのが仇《あだ》となった。

「仕舞屋の向かいに住む後家のはなしでは、商人然とした旦那をしょっちゅう見掛けていたそうでやすよ」

後家の目にした人物は、徳右衛門の人相風体《にんそうふうてい》にぴったりあてはまる男だった。

内儀のおらくが通夜の席で不機嫌そうにしていたのは、囲われ者のことを知っていたからにちがいない。

もちろん、金持ちの商人が妾を囲うことはめずらしいことではない。

「よほど悋気《りんき》の強い内儀でなければ、秘しておく必要もないことだ。ましてや、おらくは妾あがり、そこまで徳右衛門を縛ることができたのだろうか」

「さあ、どうでやしょうね」

仙三は薄笑いを浮かべ、首をかしげる。

「で、若い女の素姓《すじょう》は調べたのか」

「そいつはまだ、わかりやせん」

近所の後家でさえ、数度しか見掛けていなかった。

「肌の白い、線の細そうな女で、喩《たと》えてみりゃ幽霊《ゆうれい》のようだったと」

「幽霊か」

「それからもうひとつ、後家は聞き捨てならねえことを口走りやした」

「ほう、何だそれは」

「どうやら、若え間夫《まぶ》がいるらしいので」

徳右衛門のほかにも仕舞屋へ通ってくる男がいると聞き、三左衛門はおもいきり眉をひそめる。

仙三は先取りした。

「情痴《じょうち》の縺《もつ》れで間夫に刺されたってはなしも、ありえねえこっちゃねえ」

「そいつを、八尾さんに喋ったか」

「いいえ、まだでやすけど」

半四郎は、徳右衛門が死んで得をする者か、徳右衛門に恨みを持つ者の仕業ではないかと睨んでいた。

仙三のはなしを聞けば、妾と間夫に疑いの目を向けるにちがいない。

三左衛門は、徳右衛門が女の存在を秘していた理由をじっくり掘りさげたいとおもった。

そのあたりを聞ける相手は、番頭の清兵衛しかいない。

「訪ねてみるか」

気落ちしている者を訪ねるのは、正直、しんどい。

だが、三左衛門は覚悟を決め、清兵衛が老いた祖母と暮らす棟割《むねわり》長屋を訪ねてみることにした。

暮れ六つ（六時）の鐘が鳴っている。

竹河岸から東へ向かい、楓川《もみじがわ》に架かる弾正橋《だんじょうばし》を渡った。

松屋町《まつやちよう》の裏通りをすすめば、九尺店《くしやくだな》の二棟並ぶ裏長屋がある。

木戸番の親爺《おやじ》に尋ね、清兵衛の部屋へ足を向けた。

さっそく訪ねてみると、老婆は薄い褥《しとね》に横たわっており、饐《す》えた臭いが部屋を充たしている。

三左衛門は老婆を安心させるべく、みずからの素姓を告げた。

「照降長屋の浪人で、浅間三左衛門と申します」

「存じております。おまつさまの旦那さまですね」

「はい」

老婆は穏やかな顔になったが、肝心の清兵衛は伊勢波から戻っていないという。

待たせてもらうつもりで外に出てぶらぶらしていると、褥から起きた老婆が手招きをした。

「どうか、部屋でお待ちくだされ」

腰を屈めた姿勢で何度も請《こ》われ、仕方なく敷居をまたがせてもらう。

老婆は辛そうなからだで茶を淹《い》れてくれ、おもむろに喋りだした。

「ご覧のとおり、わたしは老いた身で、長いあいだ患《わずら》っております。足腰も衰え、遠出もできません。こんな婆のせいで、あの子は良縁に恵まれず、四十を過ぎてしまいました」

清兵衛は重荷に感じておらずとも、老婆自身がそのことで悩んでいるとすれば不幸なはなしだ。

「あの子は幼い時分、鉄砲水で二親《ふたおや》を亡くしました。わたしが女手ひとつで育てあげたんです。そのせいで、気の小さい子になっちまった。優しくて忍耐強い子なんです。けれども、それが他人様にはわかってもらえない」

老婆は消えいりそうな声で、遠慮がちに喋りつづける。

「あの子は何度となく、もっと住みよいところに部屋を借りて、いっしょに移ろうと言ってくれました。でも、わたしが頑《かたく》なに拒んだのです。一銭でも多く、お金を貯めなくちゃいけない。あの子の夢は伊勢波の大旦那さまから暖簾分けを許していただき、自分の店を持つことでした」

夢をかなえるためには、蓄財をしなければならない。ゆえに、今まで爪に火を点《とも》すような暮らしをつづけてきたのだという。

「大旦那さまがお亡くなりになり、あの子がどれだけ落ちこんでいることか。でも、夢だけは保《も》ちつづけてほしいのです。わたしは、あの子の夢を壊したくない。あの子の重荷になりたくない」

さめざめと泣く老婆のすがたが、あまりに哀れで切ない。

長屋が薄闇にすっぽり包まれたころ、清兵衛が戻ってきた。

三左衛門の顔をみるなり、はっと驚いてみせたが、すぐに冷静さを取りもどす。

「浅間さま、どうなされたのです」

「近くまで来たから、寄ってみた」

「さようでしたか。ここでは何ですから、外へ参りましょう」

「ふむ」

ふたりは肩を並べて長屋の木戸門を抜け、表通りを流している蕎麦屋台《そばやたい》の暖簾を振りわけた。

「掛けを二杯」

清兵衛は勝手に注文し、こちらに向きなおる。

「ばあちゃんは、何か申しましたか」

「ん、ああ」

「お聞かせください」

「おぬしといっしょに、夢をみたいと仰った」

「夢をみたい」

「さよう。自分の店を持つという夢だ」

「そうですか」

清兵衛は黙りこみ、掛け蕎麦を啜《すす》りはじめる。

仕方ないので、三左衛門も蕎麦をたぐった。

鰹《かつお》のだし汁が、けっこう美味い。

必死にたぐっていると、隣に粋筋の年増がやってきた。

うなじのあたりに伽羅《きゃら》の芳香が匂いたち、くらっとする。

見惚《みと》れていると、三左衛門の鼻から何かが流れおちた。

「あれ」

鼻血だ。

清兵衛が顔を近づけてくる。

「ちょいと失礼いたします」

そういって、首筋の毛を抜こうとする。

「痛っ、何をする」

「抜くんです。首筋の毛を三本抜くと、鼻血が嘘のように止まるんですよ」

「嘘のようにか」

ぶちっと抜かれた途端、鼻血は止まった。

びっくりして、引っこんだのかもしれない。

「ね、止まったでしょう」

「不思議だな」

「ばあちゃんに教わったんです」

「ふうん」

気づいてみると、粋筋の年増は煙と消えている。

三左衛門は、清兵衛に向きなおった。

「ところで、おぬしに聞きたいことがあってな」

「何でしょう」

「まわりくどいはなしは好かぬゆえ、単刀直入《たんとうちょくにゅう》に聞こう。徳右衛門さんは、妾を囲っていたのか」

「え」

「図星《ずぼし》らしいな」

徳右衛門は殺された晩、寄合の席ではなく、妾宅から戻ってくるところだった。それを悟られたくないがために、提灯持《ちょうちんも》ちの手代すら連れずにいた。

「おぬしは、そのことを知っていた。おそらく、内儀もな。ところが、おぬしは黙っていた。徳右衛門さんが妾を囲っていることを、われわれに知られたくなかったからだ。ちがうか」

清兵衛は黙ったまま、否定も肯定もしない。

「浅間さま、どうして、そのようなことをお調べになるのです」

「どうしてって。おぬし、徳右衛門さんが殺《あや》められた理由を、知りたいとはおもわぬのか」

「物盗りの仕業だと、お役人さまは仰いました」

「本所廻りだな」

「はい」

「連中の言うことを鵜呑《うの》みにするほど、おぬしも莫迦《ばか》ではあるまい」

清兵衛は、ごくっと唾《つば》を呑む。

「おまつさまは、どう仰《おお》せで」

「どうって」

「大旦那さまが殺められた理由を、お知りになりたいのでしょうか」

「あたりまえだろう。物盗りのせいにされて、徳右衛門さんもきっと口惜しかろうと、おまつは泣きながら言うておったわ」

「そこまで、大旦那さまのことを」

「慕っていたのさ。お世話になっていたからな。せめて、殺しの真相を知りたいとおもうのが、人の情というものだろう」

「わかりました」

清兵衛は、覚悟を決めたような顔をする。

「おまつさまに、お見せしたいものがございます」

「ほう、何かな」

「すみません。直《じか》に、お見せ申しあげたいのです」

「ん、そうか」

「本日はもう遅いので、明日朝一番でお伺《うかが》いいたします。どうか、おまつさまにはよしなにお伝えくださいさい」

「承知した」

三左衛門は頷くしかない。

清兵衛に抗《あらが》い難《がた》い意志の強さを感じたのだ。

翌朝、正直者の番頭は照降長屋にはあらわれなかった。

伊勢波はさらなる不幸に見舞われ、清兵衛は本所廻りにしょっ引かれてしまったのである。

五

娘婿の良平が、毒を盛られた。

殺しの疑いを掛けられたのが番頭の清兵衛と知り、おまつは擂《す》り鉢《ばち》で辛子《からし》をこねまわしはじめた。

「本所廻りの連中、腹が立って仕方ないよ」

腹が立ったときに辛子をこねまわせば、辛みが増すという。

嘘のようなはなしだが、おまつの怒りはよくわかる。

三左衛門は仙三を走らせ、半四郎を呼びにやった。

それと同時に、みずからは本所の番屋へ足を向けた。

「急がねばならぬ」

焦《あせ》りを抑えきれず、早足から駆け足になる。

なるほど、番屋に留め置かれているかぎり、清兵衛は罪人ではない。

ただし、ひととおりの詮議《せんぎ》のあと、入牢証文《じゆろうしようもん》を取られ、小伝馬町《こでんまちよう》の牢屋敷へ移されでもしたら、罪人として扱われる運命が待っている。

徳右衛門亡きあとは、良平が伊勢波を継いでいたので、番頭の清兵衛は主殺《しゆうごろ》しの汚名を着せられる。厳しい牢問《ろうど》いのあげく、罪を認めさせられたら、即刻、磔《はりつけ》獄門《ごくもん》の沙汰《さた》が下されよう。

最悪の事態を描きつつ、三左衛門は冷や汗を掻きながら両国橋を渡った。

清兵衛が連れこまれた番屋は、回向院《えこういん》の門前にある。

三つ道具の仰々《ぎようぎよう》しく飾られた駒繋《こまつなぎ》の柵《さく》を廻って、玉砂利《たまじやり》を踏みしめ、腰高の油障子を引きあける。

「頼もう、どなたかおられぬか」

ひと声かけて、敷居をまたいだ。

狭苦しい三畳間には番太郎《ばんたろう》もおらず、奥で閉めきられた板戸の向こうから、低い呻《うめ》きが漏れ聞こえてきた。

清兵衛かもしれない。

窓のない板張りの部屋で、責め苦を受けているのだ。

「頼もう」

三左衛門はもういちど、大声を張りあげた。

「うるせえな、誰だよ」

板戸が少しだけ開き、固太りの四十男が顔を差しだす。

文治だ。

悪名高い岡っ引きは眸子《まなこ》を細め、口を尖らせた。

「何か用かい。こっちは今、手が放せねえんだ」

あいかわらず、横柄な態度だ。

同心の荒木平太夫は留守だとわかり、ほっと肩の荷を降ろす。

「おめえさん、照降長屋の浪人者だな。名はたしか」

「浅間三左衛門だ」

「おう、そうだ。楊枝削りの食いつめ浪人が、いってえ何の用でえ」

腹が立った。ぐっと怺える。

「伊勢波の番頭が捕まったと聞いてな」

「おめえさんに何の関わりがある」

「請け人《うけにん》なのさ。清兵衛が主殺しの下手人《げしゅにん》なら、こっちの信用もがた落ちだ。放ってはおけんだろう」

「ふん、それで」

「直に糺《ただ》したい。伊勢波の娘婿に毒を盛ったのかどうか」

「盛ったにきまってんだろうよ」

「どうしてわかる」

「娘婿は店のなかで死んでいた。内儀が見たのさ。清兵衛の怪しい動きをな」

訴えたのが内儀のおらくとなれば、無視するわけにはいかない。

「待ってくれ。どうして、清兵衛が娘婿を殺めねばならぬ」

「そいつを吐かせようってんだ。ま、見当はついているけどな」

「ほほう、教えてくれ」

「ふへへ」

文治は鼻をひくひく動かす。

「知りてえか」

「ああ」

「だったら、そこに土下座《どげざ》しな」

「何だと」

「へへ、できねえんだろう。あんたも侍の端くれだかんな」

「待て」

三左衛門は膝を折って座り、襟を正す。

そして、土間に両手をついてみせた。

「頼む、教えてくれ」

「うえっ、ほんとにやりやがった。おもしれえ、教えてやるぜ。清兵衛はな、娘婿から暇を申しわたされたのさ。大旦那の徳右衛門が死んだなあ、行き先を知っていたはずの清兵衛が用心を怠《おこた》ったからだ。つまりは、死んだ責任を取らされたってわけ。ついでに、三十五年勤めたぶんの手当もチャラにされ、店から出ていけと命じられた。そいつを根に持って、殺りやがったのよ」

「本人が喋ったのか」

「いいや。後家になったおらくが言ったのさ。娘のおみちともども、泣きの涙で訴えられたら、こちとら信じねえわけにもいくめえ。さあ、教えてやったぜ。これで満足したろう」

三左衛門は正座したまま、ぎゅっと拳《こぶし》を固めた。

と、そこへ。

運悪く、荒木平太夫がやってきた。

「おい、そこで何やってやがる。文治、そいつは何者だ」

「へい、清兵衛の請け人だと言いやがるんで」

「請け人だと」

荒木は斜め後ろから身を寄せ、三左衛門の顔を覗きこむ。

「誰かとおもえば、十分一屋のヒモじゃねえか。おめえが何で、清兵衛の請け人なんだよ」

「仲人でしてね」

「ふざけるな。野郎は独り身だろうが」

「きまった相手がおります。池之端にある扇屋の箱入り娘でね。紹介したのが、うちの女房なのですよ」

「おまつか。気の強《つえ》え嬶《かか》ぁだったな。それで、おめえの望みは何だ」

「清兵衛を解きはなちにしていただきたい。あの者が殺しなど、できようはずもないのです」

「だったら、誰が娘婿に毒を盛ったんだよ」

「さあ」

「証拠《あかし》もねえのに、主殺しの下手人を解きはなちにしろだと。何さまだ。ふざけるんじゃねえ。さあ、とっとと帰《けえ》んな。うるせえことを抜かすと、おめえもぶちこんでやるぜ」

三左衛門は、ぎりっと奥歯を嚙《か》みしめた。

こうなれば、ひと暴れするしかあるまい。

ゆらりと立ちあがり、背後の荒木を睨みつける。

「おっと、やるってのか」

荒木は半歩退がって砂利を踏みしめ、背帯に挟んだ朱房《しゅぶさ》の十手《じって》に手をやった。

そのとき。

大きな人影が、駒繫の柵の向こうにあらわれた。

「おい、待て」

大声を発する六尺豊かな偉丈夫《いじょうぶ》は、半四郎にほかならない。

後ろには、商売道具の剃刀《かみそり》を髷に挿《さ》した仙三も控えている。

「ちっ、半鐘泥棒《はんしょうどろぼう》が来やがった」

荒木は舌打ちし、半四郎と三左衛門を交互に見た。

「そういえば、おめえらはお仲間だったな。八尾、てめえにゃ忠告したはずだぜ。伊勢波の一件にゃ首を突っこむなとな」

「そうは烏賊《いか》のきんたま。あんたが伊勢波の内儀から袖の下を受けとったなあ、先刻承知済みなんだよ」

「あんだと、こら」

顔を真っ赤にして激昂《げっこう》する様子から推《お》せば、図星なのだろう。

半四郎は薄笑いを浮かべ、十五歳年上の同僚に凄《すご》んでみせる。

「荒木さんよ。袖の下を貰って下手人を仕立てあげたとなりゃ、あんたもただじゃ済まねえぜ」

「てめえ、清兵衛がやってねえという証拠でもあんのか」

「んなものはねえ。どっちにしろ、こっちで調べさせてもらう。娘婿の良平は、店のなかで毒を盛られた。店があんのは京橋だ。へへ、こっちの縄張りなんだよ」

「くっ」

荒木は黙った。

縄張りを持ちだされたら、ぐうの音も出ない。

半四郎は眸子を光らせ、文治を怒鳴りつけた。

「莫迦野郎。ぐずぐずしねえで、清兵衛の手鎖《てぐさり》を外してやれ。外さねえ気なら、力ずくで奪ってやるぜ」

半四郎が背帯の十手を引きぬくと、文治は身を縮める。

荒木は肩を落とし、渋い顔で顎をしゃくった。

「文治、手鎖を外してやれ」

「いいんですかい」

「ああ」

文治が板戸を開けると、変わりはてた清兵衛がそこにいた。

「くそっ、ひでえことをしゃあがる。てめえら、番屋でやっていいことと悪いことの区別もつかねえのか」

半四郎は土足のまま部屋にあがり、文治と擦《す》れちがいざま、顔面に強烈な肘打《ひじう》ちを食らわしてやった。

気を失った文治の袖から鍵を奪い、こちらに抛《ほう》る。

「ほい」

三左衛門は鍵を摑《つか》んだ。

板間に踏みこみ、手鎖を外し、ぐったりした清兵衛を助けおこす。

半四郎も手伝って肩を貸してやり、番屋の外へ連れだした。

「八尾、おぼえてやがれ」

荒木が、狂犬のように吠《ほ》えた。

半四郎は、いっこうに動じない。

「負け犬め。せいぜい、吠えるがいいさ」

捨て台詞《ぜりふ》を吐き、番屋に背を向ける。

三左衛門は、襤褸《ぼろ》雑巾《ぞうきん》と化した清兵衛のからだを支えた。

「す、すみません……て、手前なんぞのために」

蚊《か》の鳴くような声が、耳許に聞こえてくる。

清兵衛は腫《は》れた瞼《まぶた》の奥に、涙を溜めていた。

六

清兵衛はひどく痛めつけられていたが、心はしっかり保っていた。

見掛けとはうらはらに、芯《しん》の強い男だと、三左衛門は感心させられた。

四人が向かった夕月楼《ゆうづきろう》は、芸者遊びができる柳橋《やなぎばし》のなかでも三本の指にはいるほど値の張る茶屋だ。

楼主の金兵衛《きんべえ》は俠気《おとこぎ》のある人物として知られ、江戸の裏事情にも精通しており、御用聞きの仙三も金兵衛の子飼いであった。三左衛門や半四郎とは投句仲間でもあり、困ったときにはいつも助けてくれるありがたい男だ。

金兵衛は事情を聞き、さっそく照降長屋に使いを出して、おまつを呼んでくれた。

おまつは清兵衛を見るなり、石地蔵《いしじぞう》のように固まったが、すぐに頭を切りかえ、ことさら快活に振るまった。

「ほんとうにまあ、ひどい顔にされちまって。おまえさんは見上げたおひとだよ。撲《なぐ》られても蹴られても、弱音を吐かなかったんだろう」

清兵衛はかしこまり、泣きそうな顔で訴える。

「おまつさま、手前のことなんざ、どうだっていいんです。手前には伊勢波の行く末だけが案じられてなりません」

「おまえさん抜きでは、伊勢波はすぐに立ちいかなくなる。そんなことは火をみるよりあきらかだってのに、どうしてこうなっちまうんだろうね。聞いたよ。娘婿の良平さんは、あんたを辞めさせようとしたんだって」

「いいえ。それはちがいます」

「どうちがうんだい」

「たしかに、暇を申しわたされましたが、それは奥さまからあったおはなしです」

「何だって。お内儀が、あんたに引導《いんどう》を渡したってのかい」

「当然のことです。手前が用心を怠ったせいで、大旦那さまがあのようなことに」

「お待ちよ。おまえさんは、何ひとつ責めを負うことはないんだよ」

「いいえ。手前が大旦那さまをお止めするべきだったのです。そうすれば、あんなことにはならなかったんだ。おまつさま、どうか、これをご覧ください」

清兵衛は身に纏った着物の襟をひっくり返し、しっかり縫いつけられた裏地を縦に裂いた。

内から取りだされたのは、一枚の文だ。

「それは」

「大旦那さまから預かった文にございます」

「何で、わたしなんかに見せるんだい」

「是非《ぜひ》、ご覧ください」

「わかったよ」

おまつは、手渡された文に目を通した。

三左衛門も身を乗りだし、脇から覗く。

――徳太郎を頼む。

文のはじめには、そう記されてあった。

勘当した息子への未練が、自戒の念とともに連綿《れんめん》と綴《つづ》られ、いずれは伊勢波の暖簾を分けてやってほしいと結ばれている。

「これは、大旦那さまのご遺言にございます」

「遺言」

「はい。大旦那さまご自身が、そう仰いました。手前は不吉なものを感じつつも、徳太郎さまへの深いおもいを知りました」

徳右衛門はやはり、秘密を抱えていた。

おもわず、半四郎が脇から口を挟む。

「秘密ってな、妾のことか」

「お妾ではありません。たしかに、大旦那さまは本所に仕舞屋を借りておられました。でも、住まわせていたおこんさまは、お妾ではありません」

「ほう、おこんというのか」

半年前まで、吉原《よしわら》の籬《まがき》にいた花魁《おいらん》だという。

「徳右衛門が身請けしたんだな」

「はい。されど、ご自身のためではありません」

「ん、どういうことだ」

「おこんさまは、若旦那の徳太郎さまが命懸けで惚れたお相手にございます」

「何だって」

勘当した息子の惚れた花魁を、父親の徳右衛門が身請けしてやったというのだ。

それが世間に知れたら、父子ともども笑いものになる。とんでもない親莫迦があったものだと後ろ指をさされ、伊勢波の信用にも傷が付きかねない。ゆえに、どうしても秘密にしておかねばならなかった。

「大旦那さまには、おこんさまを身請けせざるを得ない事情がございました」

若いふたりは、かなわぬ恋情を嘆きつつ、籬内の蒲団部屋で心中をはかった。さいわい、命はとりとめたものの、ふたりの扱いに困った忘八《ぼうはち》が徳右衛門に相談を持ちかけた。徳右衛門は事情を知った途端、番頭の清兵衛だけに相談して大金を用意させた。そして、示談金《じだんきん》をふくめて、数百両の身請け金を払ったのだという。

徳右衛門は、勘当した息子のことが案じられてならなかった。ましてや、命懸けで花魁に惚れていようなどと、想像もできなかったにちがいない。

「大旦那さまは『徳太郎に申し訳ない、ほんとうに申し訳ない』と、いつも仰っていました。若旦那さまがああなったのは、情のない後妻《めと》を娶ったご自分のせいだとお責めになって」

徳右衛門は先妻を亡くした悲しみを紛《まぎ》らわすかのように、深川の岡場所へ通いはじめた。そのおりに知りあった相手が、おらくであったという。おらくは、何人もの男に騙された哀しい過去を引きずっていた。しかも、おみちという連れ子まであったにもかかわらず、徳右衛門は情にほだされ、身請けしてしまったのだ。

「旦那さまは、気のお優しい方です」

おらくの素姓を隠したまま妾にし、仕舞いには家に入れてしまった。

一方、正妻の座に就《つ》いたおらくは、性悪な地金を見せはじめた。ことに、母親を失って傷心の徳太郎にたいしては陰険な態度を取りつづけ、それが原因で徳太郎は道を外してしまった。

おまつが、ほっと溜息を吐く。

「清兵衛さん、事情はわかったよ。おまえさん、大旦那さまの言いつけを守って、黙っていたんだね」

「ほんとうは、墓まで持っていくつもりでした。でも、若旦那さまのことを何とかしたい。それだけが気懸かりで、死んでも死にきれません」

またもや、半四郎が口を挟んだ。

「おい。徳右衛門を殺めた相手に、心当たりはねえのか」

「ございません」

「それなら、娘婿のほうはどうだ。店のなかで毒を盛られたってなら、やれる者はかぎられてくる。たとえば、内儀のおらくはどうだ。いかにも、怪しいじゃねえか」

「まさか。良平さまは、そもそも、奥さまがお連れしたお方です」

「そうだってな。岡場所にいたころから懇意にしていた知りあいで、堅気《かたぎ》じゃねえって噂も聞いたぜ」

「もともとは、指物師《さしものし》だったそうです。指を怪我してその道をあきらめてからは、行商をやったり、岡場所の消炭《けしずみ》をやったり、ご苦労をなさったと聞いております」

半四郎は腕組みをする。

「ふうん、指物師だったのか」

「けっして、悪いお方ではありません。大旦那さまも、商いの才があると認めておいででした」

「そうかい。ま、そうだったとしても、良平は誰かに毒を盛られた。いってえ、どうしてだろうな。心当たりはねえのか」

「ございません」

清兵衛は、きっぱり言いきる。

その顔に、嘘はなさそうだ。

おまつが、ぎこちない沈黙を破った。

「暗いはなしはよしにしましょう。せっかく、こうして助かったんだからね。そういえば、清兵衛さんに謝らなくちゃいけない」

「何でしょう」

「このあいだ、涼風堂のお嬢さまとお見合いをしてもらっただろう」

「おしのさんですね」

「そうそう。おしのさんが出戻りだってはなしはしたよね」

「はい」

「それだけじゃなかったんだよ」

「え」

おまつは間をあけ、申し訳なささそうに吐いた。

「じつはね、三つになる男の子がいるのさ」

「はあ、さようでしたか」

「驚かないのかい」

むしろ、清兵衛は嬉しそうな顔をする。

「わたしは子ども好きなんです。子どもは誰の子であろうと、かまいません」

「そうなのかい」

「うちのばあちゃんにしてみたら、最初から曾孫《ひまご》ができるわけだし。でも、もう関わりのないお方です。手前は番屋にしょっ引かれた男。先様のほうで、うんとは仰いますまい」

おまつは乾いた唇《くち》もとを舐《な》め、上目遣いに言う。

「駄目元《だめもと》で、もういちど声を掛けてみようか」

清兵衛は首を振った。

「どうか、ご無理はなさらないでください。でも」

「でも、何だい」

「正直なことを言えば、少し忘れがたい気もいたします」

「忘れがたいって、おしのさんがかい」

「はい」

「そうかい。あんたにしたら、めずらしいことじゃないか」

「自分でも、そうおもいます。見合いのあと、胸のあたりがずんと重くて。何を食べても美味《おい》しくありません。何が何だか、よくわからなくて」

「おまえさんのその気持ち。世間では何て言うか、ご存じかい」

「い、いいえ」

「ひと目惚れって言うんだよ、うふふ」

おまつが目配せしてみせると、清兵衛は耳まで真っ赤にして俯《うつむ》いた。

七

夕暮れ、小雨の降るなか、三左衛門は向両国へ足を延ばした。
痩《や》せたからだに、継《つ》ぎ接《は》ぎの単衣《ひとえ》を羽織っている。
うらぶれた浪人風体だが、眼差しは涼しげだ。
ときに、その眼差しが獲物《えもの》を狩る鷹《たか》のように光る。
相生町《あいおいちょう》に通じる一ッ目之橋のたもとには、小船が繋がっていた。
三左衛門は汀《みぎわ》に降り、桟橋《さんばし》の端へすすむ。
そこだけ不自然に葦《あし》の束が倒れており、人の足で踏まれた痕跡《こんせき》があった。
「ここか」
徳右衛門は、ここで倒れていたにちがいない。
背中を千枚通しのような凶器で刺され、俯《うつぶ》せに倒れて死んだ。
小船の浮かぶあたりからは、丈の高い葦が邪魔《じゃま》で見えない。
船頭に聞いたところで、肝心のはなしは得られまい。
それにしても、なぜ、こんな淋しい道を歩いたのか。
ひょっとしたら、連れがあったのかもしれない。

もちろん、気心の知れた相手だ。

三左衛門は足を止め、灰色の川面《かわも》を睨みつけた。

娘婿の良平が指物師だったはなしをおもいだしたのだ。

木釘《きくぎ》を使って茶簞笥《ちゃだんす》などをつくる指物師ならば、千枚通しの扱いにも慣れていたはずだ。

「考えすぎか」

三左衛門は、水嵩《みずかさ》の増えた竪川に沿って歩きだした。

徳右衛門が歩いた道筋を、逆《さか》しまにたどってみる。

「やはり、殺ったのは良平だな」

あの晩、仕舞屋の外で待ちつづけ、徳右衛門が出てきたところへ声を掛けた。

その場で詰《なじ》ったのかもしれない。

なぜ、勘当した息子のために、花魁を身請けしたのか。

可愛い息子の勘当を解き、いずれは伊勢波を継がせる腹ではないのか。

自分はそれまでの繋ぎにすぎないのではと迫り、返答によっては命を絶つ気でいたのだ。

それが良平の意思であったのか、あるいは、おらくやおみちに尻を掻かれてやったことなのか、そのあたりは定かでない。どちらにしろ、良平は物盗りにみせかけ、徳右衛門の背中を刺した。

そして、みずからは毒を盛られ、呆気《あつけ》なくあの世へ逝《い》った。

通夜での奇行をおもいだす。

独り言をつぶやいたり、叫んだりしていたのは、今にしておもえば、罪の意識にさいなまれていたせいかもしれない。

おらくとおみちは、良平の変貌ぶりに驚き、狼狽《うろた》えた。

このままでは、町方役人に勘づかれてしまう。

ふたりで相談し、毒を盛ったのだ。

そして、番頭の清兵衛に濡《ぬ》れ衣《ぎぬ》を着せた。

「恐ろしい筋書きだな」

三左衛門は、ぶるっと背中を震わせる。

欲にとりつかれた毒婦の顔が、暗がりに仄白《ほのじろ》く浮かんだ。

が、今ひとつしっくりこない。

女ふたりで、これだけの悪行をやってのけられるものだろうか。

三左衛門は疑いを抱いたまま、仕舞屋の正面までやってきた。

黒い船板塀《ふないたべい》に江市屋格子《えいちやごうし》、あきらかに妾宅の造りだ。蛻《もぬけ》の殻《から》かもしれないという考えは杞憂《きゆう》だった。黒板塀の狭間に、軒行灯《のきあんどん》が灯《とも》っている。

「おるな」

おこんという女がまだ身を寄せているなら、徳太郎の顔を拝むことができるかもしれない。

そう願いつつ、門を潜りぬけた。

敷石を渡り、入口の板戸を敲《たた》く。

しばらくして、板戸の向こうに気配が立った。

「どちらさまですか」

女ではなく、男の掠《かす》れた声が聞こえた。

まちがいない。徳太郎だ。

三左衛門はできるだけ、やわらかく応じた。

「清兵衛どのの知りあいで、浅間三左衛門と申す。日本橋の照降長屋に住んでおる。十分一屋のおまつは、わしの女房でな、聞いておらぬとはおもうが、清兵衛と扇屋の娘を見合いさせてやった」

じっと待っていると、板戸がわずかにあいた。

窶れきった若い男が、不安げな眸子を向けてくる。

「若旦那かい」

優しく尋ねると、徳太郎はこっくり頷いた。

「扇屋の娘さんのことは、清兵衛に聞いております」

「ほ、そうか」

微笑みかけても、笑みは返ってこない。

「おこんが熱を出して、臥《ふ》せっているんです」

若旦那は頼りなさそうな顔で、助けを求めてきた。

八

三左衛門は徳太郎を落ちつかせ、町医者を呼んでやった。

おこんは高熱を発していたが、ただの流行風邪《はやりかぜ》で、煎《せん》じ薬《ぐすり》を呑んで安静にしていれば次第に良くなるという。

安堵《あんど》した徳太郎は三左衛門に問われるがまま、落ちぶれた経緯《いきさつ》を語りはじめた。

「仰せのとおり、性悪なおらくを店に入れた父親を憎みました。何せ、病で亡くなった母親の一周忌《いっしゅうき》が終わったばかりで、優しかったおっかさんの思い出がそこかしこにありましたから。今にしておもえば、おとっつぁんも淋しかったにちがいない。淋しさを紛らわせるために、おらくと懇《ねんご》ろになり、あげくのはてには娘のおみちともども店に入れたのでしょう」

徳太郎は何ひとつやる気がおきなくなり、過《あやま》った道に走ってしまった。

三左衛門は、噛んでふくめるように告げてやる。

「徳右衛門さんは、おまえさんのことを心の底から案じていた。いずれは勘当を解き、伊勢波の暖簾を継いでほしかったのだ」

「存じております。おこんと廓で心中騒ぎをおこしちまったあと、番頭の清兵衛がこっそり教えてくれました。そのときほど、自分のやった過ちを悔いたことはありません。しかも、おとっつぁんは、おこんを身請けし、こうして住む場所まで借りてくれた。ときおり、おこんの様子を窺《うかが》いに訪れては『莫迦な息子のことを、どうかよろしく頼みたい』と、両手をついたそうです」

父の温情に何とかこたえたいと、徳太郎は商いのいろはを学びなおした。

そうしたやさき、悲劇がおこった。

「浅間さま、おとっつぁんを殺めたのは、おらくです。あの性悪女にきまっているんだ」

「確かな証しでもあるのか」

「いいえ」

ただ、父親が殺されたあと、徳太郎は自分なりに、おらくやおみちの周辺を調べてみたらしい。

「おらくには後ろ盾がおりました。閻魔《えんま》の五郎三《ごろぞう》という本所の貸元《かしもと》です」

「ほう、そいつは初耳だな」

おらくが深川の岡場所で春を売っていたころの抱え主で、今では本所吉田町《よしだちょう》辺りの貸元におさまっている。夜鷹屋《よたかや》などにも顔が利き、たいそうな羽振《はぶ》りだが、貸金の一部はおらくから流れたものだろうと、徳太郎は口惜しがる。

「連絡《つなぎ》を取っているのは、娘のおみちです」

驚いたことに、おみちは、おらくと五郎三とのあいだにできた娘だという。

「連中は伊勢波を乗っとるつもりで、おとっつぁんに近づいたんだ。きっと、そうにちがいない」

「まあ、そう熱くなるな」

諭《さと》してはみたものの、徳太郎の描いた筋は的を射ていると、三左衛門はおもった。

「浅間さま、わたしはおらくを憎んでおります。親の仇《かたき》を討ちたいのです。でも、どうしたらいいのかわかりません」

本人も嘆くとおり、百戦錬磨《ひやくせんれんま》の五郎三やおらくに抗する術《すべ》はあるまい。逆しまに、命を狙われる恐れすらある。

徳太郎さえこの世から消えれば、伊勢波は完全に自分たちのものになるのだ。娘婿まで毒殺した連中なら、容易に考えつきそうなことだった。

「若旦那、おまえさん、今どこに住んでいる」

「浅草の誓願寺《せいがんじ》長屋です」

江戸でも五本の指に入る貧乏長屋だ。

「清兵衛にも、おこんにも、その場所は告げておりません」

敵も知らないとすれば、襲う場所はおのずと定まってくる。

「ここだ」

「え」

「ここで待ち伏せして、おまえさんをあの世へおくる。わしが悪党なら、そう考えるかもな」

　三左衛門の懸念《けねん》は、現実のものとなった。

　このとき、仕舞屋は怪しい人影に取りかこまれていた。

　三左衛門はふわりと立ちあがり、大刀を帯に差した。

「ど、どうなされたのですか」

　徳太郎も異変を察したらしく、声を震わせる。

「討手《うって》だ。まちがいない」

「げえっ。どうしましょう」

「じっとしておれ」

「へ、平気ですか」

「さあな」

　三左衛門は素っ気なく言い、無造作に大刀を抜いた。

「ひぇっ」

　仰《の》け反る徳太郎の鼻先に、切っ先がすっと翳《かざ》される。

　ところが、刀に光はない。

　徳太郎は、哀しげな顔になった。

「た、竹光《たけみつ》」

「そのとおり」

「竹光で闘うのですか」

「いいや。こっちで闘う」

三左衛門は竹光を黒鞘に納め、脇差《わきざし》を抜いた。

蒼白い光芒《こうぼう》が閃《ひらめ》き、徳太郎の眸子を射貫く。

「越前康継《えちぜんやすつぐ》。名匠《めいしょう》の手になる業物《わざもの》でな、茎《なかご》に剪《き》られた紋《もん》に因《ちな》み、葵下坂《あおいしもさか》とも呼ぶ」

刃長こそ一尺五寸に満たないものの、刀剣の価値を知らぬ者でも「ほう」と溜息を漏らすほどの妖気を放っている。ことに、荒れくるう波を模した濤瀾刃《とうらんば》と棟区《むねまち》に彫られた三体仏は必見に値した。

「毘沙門天《びしゃもんてん》、薬師如来《やくしにょらい》、文殊菩薩《もんじゅぼさつ》。越前記内《えちぜんきない》の手になるこの三体仏こそが、わしの守仏《まもりぼとけ》でな。くふふ、ま、おぬしに言ってもはじまらぬ」

三左衛門は不敵に笑い、葵下坂を無骨な黒鞘に納めた。

瘦せて貧相なはずのからだが、倍にも大きく見える。

「ではな」

「お、お願いします」

空唾《からつば》を呑む徳太郎に背を向け、跫音《あしおと》を殺して廊下を渡る。

入口の板戸に近づき、三左衛門は外の様子を窺った。

予想どおり、敵は門の内へ忍びこんでいる。

緊張が走り、ぴりっと頬がひくついた。

静かに呼吸を整え、心張棒《しんばりぼう》を外す。

板戸に手を掛け、一気に引きあけた。

「のえっ」

鼻先まで近づいていたひとりが、仰け反った。

「そい」

三左衛門は葵下坂を抜くや、右手甲を叩きつける。

「ぎゃっ」

斬ったのではなく、峰に返して叩いた。

それでも骨が折れたにちがいない。

相手は右手を抱えて蹲《うずくま》り、脂汗《あぶらあせ》を滲《にじ》ませる。

手甲打ちは、相手の戦意を殺《そ》ぐには有効な手だ。

「慎重にかかれ。用心棒がおるぞ」

敵のひとりが叫んだ。

「ふん」

三左衛門は苦笑する。

どうやら、用心棒にされてしまったらしい。

暗がりのなかに、龕灯《がんどう》がふたつ照らされた。

相手はいずれも、食いつめた浪人どもだ。
五、六人はいる。
端金《はしたがね》で雇われた連中だろう。

やめろと言ったところで、通用する相手ではない。

「ぬりゃ……っ」

闇の狭間から、白刃が突きだしてくる。

これを鬢《びん》の脇で躱《かわ》し、三左衛門は身を寄せた。

葵下坂を振りあげ、柄頭《つかがしら》を相手の鼻面に叩きこむ。

「びひぇっ」

必殺の柄砕《つかくだ》きだ。

至近から決められたら、相手はたまらない。

さらに、三人目が八相《はっそう》から袈裟《けさ》懸《が》けを挑んでくる。

三左衛門はひょいと躱し、またもや、右手甲を叩きつけた。

「ぬひっ」

三人が手もなくやられたので、相手も慎重になる。

残りも三人らしい。

「おぬし、小太刀《こだち》を使うのか」

まとめ役の男が、ずいと一歩踏みだした。

長尺刀を鞘走らせ、青眼に構えてみせる。

「わしは一刀流《いっとうりゅう》の免許皆伝《めんきょかいでん》だ。そやつらのようなわけにはいかぬ」

「さようか。ま、当節は免許皆伝ばかりが溢《あふ》れておるからな」

「何だと」

男は大上段に振りあげ、腹の底から気合いを発した。

「きえ……っ」

「おいおい、近所に迷惑だぞ」

三左衛門はおっとり構え、相手を巧みに誘いこむ。

「死ね」

上段の切り落としがきた。

十字に受けて弾くや、激しい火花が散った。

「何の」

相手は水平斬りから、脇胴《わきどう》を狙ってくる。

三左衛門は反転しながら、巻きつくように間合いを詰めた。

つぎの瞬間には、左手で相手の右手首を摑んでいる。

「うっ、放せ」

狼狽《うろた》える男の肩口に、葵下坂の切っ先が刺さった。

豆腐《とうふ》でも刺すかのように、背中まで突きぬけていく。

「ぬぐ、ぐぐ」

男の痺《しび》れた手から、大刀が転げおちた。

三左衛門は身を離し、白刃を引きぬく。

「のわっ」

夥《おびただ》しい血が噴きだした。

男は地べたに膝をつく。

残ったふたりは呆気にとられ、手を出しあぐねている。

「まだやるのか。つぎはおぬしらのどちらか、命を貰うぞ。ひとりくらい斬って
おかねば舐められるからな」

前歯を剝いて威嚇《いかく》すると、ふたりは納刀しながら後ずさった。

怪我をした三人ともども、門の向こうへ逃げていく。

「ふん、莫迦者どもめ」

三左衛門は、血を流しつづける男に向きなおった。

「仲間は、おぬしを見捨てたぞ」

「く、くそっ」

「急所は外しておいた。だが、そのままでは死ぬかもな」

三左衛門は小太刀を納め、男のそばに近づいた。

「じっとしておれ。手当てしてやる」

止血すべく手拭いを細長く裂き、男の肩から胸へ斜交《はすか》いに縛りつけた。

「うっ」

男は痛みに耐えかね、呻きを漏らす。

「よし、これでいい。ひとつ教えてくれ」

「な、何だ」

「雇い主は誰だ」

わずかな沈黙のあと、男は観念したように吐きすてた。

「閻魔の五郎三、本所の貸元だ。そいつには、これっぽっちも義理はない」

「さようか。去るがいい。二度と顔を見せるな」

男は立ちあがり、ふらつく足取りで逃げていく。

「閻魔の五郎三か」

三左衛門は闇を見つめ、ぞりっと顎を撫であげた。

九

本所横川《よこかわ》の北寄りに架かる業平橋《なりひらばし》の辺りは、蛤《はまぐり》なみの大きな蜆《しじみ》が採れることで知られている。

業平橋の東に築地塀《ついじべい》を巡らせているのは、遠江横須賀藩西尾家《とおとうみよこすかはんにしおけ》三万五千石の下屋敷だった。中間部屋では夜な夜な丁半博打《ちょうはんばくち》がおこなわれており、貸元の五郎三のすがたもそこにある。

中盆《なかぼん》の合図を受け、壺振《つぼふ》りが手際も鮮やかに壺を振る。

「さあ、張った、張った。丁方、丁方ないか」

大広間には盆茣蓙《ぼんござ》が敷かれ、宵越《よいご》しの銭は持たねえと粋《いき》がる連中がぐるりと囲んでいる。

「さあ、張った」

客を煽る諸肌脱《もろはだぬ》ぎの強面《こわもて》どもは、素行のよろしくない渡り中間《ちゅうげん》だ。

「よし、丁だ」

奉公人風の客が叫び、駒札を面前へ押しだす。

「丁半、駒揃いやした。勝負っ」

客たちが固唾《かたず》を呑むなか、壺振りが壺を開き、ふたつの賽《さい》の目が出揃った。

「六六《ちょうろく》の丁」

「けっ、またすった」

悲鳴と歓声が飛びかい、三左衛門の駒札は合力《ごうりき》の繰《あやつ》る手長《てなが》でことごとく奪われてしまう。

すでに、二刻《ふたとき》（四時間）余りは座りつづけていた。

子《ね》ノ刻《こく》（午前零時）を過ぎても、客はひとりも帰ろうとしない。

「まいったな」

聞こえよがしに困ってみせる。
「へへ、旦那、博打は間合いだよ」
隣に座る遊治郎《ゆうやろう》が、知ったような顔ではなしかけてきた。
たしかに、そのとおりだとおもう。
壺振りとの呼吸が肝要で、剣術の申しあいにも似ている。
正直、勝とうとおもえば、いくらでも勝つ自信はあった。
だが、三左衛門はおもうところあって、わざと負けつづけている。
「そのうちに運もまわってくるさ」
遊治郎は適当な台詞を口走り、小さく張っては勝ちを拾っていた。
調子に乗って大きく張った途端、大負けを食らうにちがいない。
三左衛門はさり気なく、下座の奥まった辺りに目を遣った。
籐《とう》の衝立《ついたて》が引きまわされ、向こう側に肥えた男が座っている。
閻魔の異名で呼ばれる五郎三だ。
ふだんは若党に任せているが、抜きうちで様子窺いにやってくる。
長い朱羅宇《しゅらう》の煙管《キセル》を吸い、紫煙をもくもくと吐きだしている。
やにさがった野郎だと、三左衛門はおもった。

「さあ、張った。半方ないか」

煽られて半に張り、またもや、駒札を失う。

手長が伸びてくるたびに、隣の遊冶郎は笑いかけてきた。

半刻（一時間）もしないうちに、三左衛門はおけらになった。

手持ち無沙汰にしていると、すかさず、折助《おりすけ》が擦《す》りよってくる。

「旦那、お刀と交換に駒札をお貸ししやすぜ」

甘い囁きに乗り、しばらくは遊んでみたものの、裏目ばかり出つづけ、借りた駒札も無くなった。着物以外に質草も無くなったとき、三左衛門はやおら立ちあがり、壺振りに因縁をつけた。

「いかさま野郎め」

言うが早いか、刀掛けにあった他人の脇差を摑み、しゅっと抜きはなつ。

「うわっ」

隣の遊冶郎が飛び退き、客たちは盆茣蓙から離れていく。

「おい、こっちに賽を抛れ」

三左衛門の迫力に押され、壺振りは賽のひとつを抛った。

「やっ」

一閃《いっせん》、宙を縦に裂く。

賽は盆茣蓙に落ち、まっぷたつに分かれた。

一瞬のことで、誰ひとり声をあげる者もいない。

「みてみろ」

三左衛門は白刃を納め、昂然《こうぜん》と言いはなつ。

「賽に細工がしてある。鉛を仕込んだな。餅入《もちい》りの曲賽《くせさい》というやつだ」

「何だって」

遊治郎が我に返り、賽を拾いあげた。

「ほんとうだ。鉛が仕込んであるぜ。いかさま野郎め、銭を返せ《けえ》」

「おれもだ。負けたぶんに熨斗《のし》付けて返してもらおう」

周囲が騒然とするのを尻目に、三左衛門は籐の衝立に近づいた。

脇から顔を差しいれ、にっと笑ってやる。

五郎三は悠然と煙管をくゆらしながら、眠たそうな目を向けてきた。

「何か用か」

どうやら、こうした騒ぎには慣れているらしい。

いっこうに、動じた様子もない。

三左衛門は、居丈高《いたけだか》に言った。

「わしの大小を返せ」

「ふん、そんなことかい」

五郎三が顎をしゃくると、若党が渋い顔で大小を寄こす。

衝立の背後では、折助たちが客を宥《なだ》めるのに必死だった。

「おい、この鉄火場《てっかば》を仕切っているのは、おぬしか」

「ああ、そうだよ」

「名は」

「五郎三さ。文句あっか」

「大ありだ。いかさま博打の不始末、どうつけてくれる」

「端金なら、くれてやってもいいぜ」

「ほう。強気に出たな」

五郎三は煙管の雁首《がんくび》を灰吹《はいふ》きに叩きつけ、ぎろっと睨みつけてくる。

「おめえさん、食いつめ者だろう。金に困ってんなら相談に乗るぜ」

「え」

「どうしたい。金が欲しかねえのか。おめえさんは見掛けによらず腕も立つし、度胸もありそうだ。一度きりで五十両になる仕事がある。その気があんなら、まわしてやってもいい」

「五十両か」

三左衛門は固まったまま、ごくっと唾を呑みこむ。

もちろん、すべて芝居なのだが、悪党は気づいていない。

「ふふ、今どき、こんなうめえはなしはねえだろう」

「そ、そうだな」

目の色を変えてみせると、五郎三は不敵な笑みを浮かべた。

「ひとをひとり、斬ってもらいてえ」

「何だと」

「嫌なら、このはなしは無しだ。小判一枚やるから、出てってくれ。ほらよ」

薄っぺらな小判を抛られ、三左衛門は口惜しげな顔をつくる。

「へへ、一両か五十両か、決めるのはおめえさんだ」

とりあえずは一両を拾い、袖口に仕舞った。

「よし、はなしを聞こう」

「くけけ、そうこなくっちゃな。ちょうどいい。後腐れなく殺ってくれる旦那を捜していたんだ」

「それで、斬る相手とは」

「まあ、焦りなさんな」

五郎三は顔を寄せ、煙草《たばこ》臭い息を吹きかけてくる。

「女だよ」

「え」

「女を殺ってもらう。嫌なのかい」

「い、いいや」

三左衛門は動揺の色を隠せない。

本心だった。殺める相手は、徳太郎だとばかりおもいこんでいた。

「京橋に伊勢波っていう足袋屋がある。おめえさんに殺ってもらうのは、内儀のおらくだ。辻斬りに見せかけてくれ」

おもいがけない展開に、三左衛門は返答ができない。

「どうした。相手の素姓を聞いて気が変わったのかい。そいつは無しだぜ」

「ああ、わかっておる」

「それじゃ、いいんだな」

「よかろう。ただし、段取りはつけてくれ」

「へへ、わかってるよ」

なぜ、五郎三は間婦《まぶ》のおらくを斬りたいのか。

その理由をどうにかして聞きださねばなるまいと、三左衛門はおもった。

十

数日経った。

季節は芒種から夏至《げし》に変わったが、あいかわらず空模様はすっきりしない。

丑《うし》ノ刻《こく》（午後二時）から降りはじめた雨が、午過《ひるす》ぎになっても降りつづけている。

三左衛門は無頼を装い、五郎三にうまくとりいっていた。

本所吉田町の見世《みせ》にも顔を出し、相談相手になっている。

「ほんとうに、伊勢波の内儀を斬ってもいいのか。あんたの間婦なんだろう」

「そいつはむかしのはなしだよ。今は腐れ縁で繋がっているだけさ」

「腐れ縁でも繋がっていたほうが利口ではないのか。だいいち、内儀が死ねば伊勢波はどうなる」

「消えちまうだろうな」

「それでいいのか」

「てえした実入りはねえ。家作ごと売っ払ってやりゃいい」

徳太郎のことは、あえて口に出さずにおいた。

疑念を抱かれるかもしれぬとおもったからだ。

五郎三も徳太郎に関しては、何ひとつ口にしない。

浪人どもを雇って仕舞屋を襲わせたことも、失敗《しくじ》って臍《ほぞ》を嚙まされたことも、知られたくないようだった。

「お上にも目を付けられているしな、殺しに関わったとなりゃ、ただじゃ済むめえ。おれは伊勢波の件から、きれいさっぱり身を引きてえのよ」

ふん、調子のいいことを抜かすと、三左衛門はおもった。

が、口にも態度にも出さない。

五郎三は灰吹きを寄せ、煙管の雁首を叩きつけた。

「そろりと、殺ってもらおうか」

「承知した。内儀を誘いだしてくれ」

「どこに誘う」

「物淋しいところなら、どこでもいい。お、そうだ。向両国は一ツ目之橋の桟橋というのはどうだ」

誘い水を向けると、ほいほい食いついてくる。

「そいつはおめえ、伊勢波の徳右衛門が娘婿に刺されたところじゃねえか」

うっかり口を滑らせ、五郎三はしまったという顔をしてみせた。

「ほう。伊勢波の主人は、娘婿に刺されたのか」

「そうだよ」

五郎三は、ぶっきらぼうに吐きすてる。

三左衛門は、さりげなく聞いてみた。

「でも、どうしてあんたが知っている」

「そりゃ知ってるにきまってんだろう。おれが殺り方を教えたんだからな。おっと、間違っちゃいけねえ。殺らせたなぁ、おらくだぜ」

「ふうん。それなら、その娘婿に毒を盛ったのは」

「おらくにきまってんだろう。あいつは、そういう女だ。人殺しなんぞ、屁《へ》ともおもっちゃいねえ」

「そうなのか」

「でもな、あの女、娘婿を殺る気はなかったらしい。徳右衛門を殺っちまったことで、良平はちょいとおかしくなった。心を病んじまってな、ことによると、奉行所に駆けこみかねねえ。そいつを心配して、おらくはここへ相談に来た」

「相談とは」

「良平殺しさ」

五郎三は黙り、こちらの反応を窺う。

「ふっ、きっぱり断ってやったさ。そうしたらな、あの女狐《めぎつね》、おれさまを徳右衛門殺しの下手人に仕立ててやると抜かしやがった。そんな脅しに乗る五郎三さまじゃねえ。勝手にさらせと尻を捲《まく》ったら、おらくはみずからの手を汚し、良平に毒を盛りやがった。それが顚末《てんまつ》ってわけさ」

「ふうん、なるほど」

「おらくは、耳に苔の生えた番頭に濡れ衣を着せやがった。ふへへ、清兵衛もいい迷惑だろうぜ。本所廻りは袖の下をたんまり貰っているらしいから、早晩、糞《くそ》真面目《まじめ》な苔野郎は三尺高《たけ》え木の上に晒されるって寸法さ。まあ、おれにとっちゃどうでもいいことだがな」

五郎三がおらくを斬らせたい事情はわかった。

万が一、おらくが捕まるようなことにでもなったら、徳右衛門殺しの下手人にされるかもしれないという恐れがあるのだ。

「よし。おめえさんの言うとおり、徳右衛門が刺された桟橋に呼びつけてやる。亭主が死んだ場所へ花を手向《たむ》けにきたものの、哀れな後家は辻斬りに斬られちまった。へへ、涙で霞《かす》むような筋書きができたじゃねえか、なあ」

声を出さずに笑う五郎三を、三左衛門は冷めた目で見つめた。

「誘うのは、暗くなってからのほうがいいな」

「難しいのはそこさ」

おらくが暗い夜道をひとりで歩いてくるかどうか、五郎三もその点は自信がなさそうだ。

三左衛門は、さり気なく水を向けた。

「あんたも来てくれ。急用だからと理由をつけてな。信頼を寄せているあんたが、ちゃんとその場で待っていると告げれば、内儀も安心するだろう」

「かえって、怪しまれねえか。何も、亭主が死んだ場所で待ちあわせすることもあるめえ」

ここが押しどころだとおもい、三左衛門は語気を強める。

「どっちにしろ、人気《ひとけ》のあるところでは斬れぬぞ。何か、誘いだすうまい口実を見つけてくれ」

「よし、わかった。どっちにしろ、おれも付きあう。ただし、斬るのはおめえさんだ。そのために、五十両もの大枚《たいまい》を叩《はた》くわけだからな」

「わかっているさ。で、いつやる」

「明晩、亥《い》ノ刻《こく》（午後十時）」

「承知した」

段取りを打ちあわせ、三左衛門は五郎三と別れた。

つぎに逢ったときが百年目。半四郎とともに考えだした罠《わな》には、本所廻りの連中もからんでいる。

「悪党め、首を洗って待っておれ」

明日の晩が待ち遠しくなってきた。

十一

翌晩。

亥ノ刻は近い。

小糠雨《こぬかあめ》が降っている。

三左衛門は傘もささず、川端の道を歩いていた。

一ッ目之橋の桟橋へやってくるのは、これで二度目だ。

一度目は徳右衛門殺しの手懸かりを探しに、そして今は、徳右衛門を亡き者にした内儀を斬りにやってきた。

「五郎三さんよ、内儀は来るかね」

「ああ、来る。来ねえはずはねえ」

「どうしてわかる」

「三百両で手を打ってやると持ちかけたのさ。手切れ金だよ。おらくにとっても、どうやら、おれは鬱陶《うっとう》しいだけの男になったようだ。金をくれてやるから、金輪際《こんりんざい》、つきまとってくれるなだとさ」

ほっと、三左衛門は溜息を吐いた。

「三百両か、けっこうな金だな」

「殺し代もはいってる」

「何だと」

「徳太郎だよ。敵娼《あいかた》ともども、もういっぺん心中してもらおうって寸法さ。ただし、二度目はかならず成功する。ふたり仲良く、あの世へ逝ってもらおう。そいつは、おらくのたっての望みでな。徳太郎が生きているうちは、枕を高くして眠れねえんだとよ」

三左衛門は、感情を押し殺す。

「受けるのか、その殺し」

「ああ。何なら、おめえさんに頼もうか。えへ、おらくの末期《まつご》の頼みってやつを、かなえてやろうじゃねえか、なあ。出しぬくか、出しぬかれるか。おれとおらくは、そういう関わりなのさ」

「おぬしら、本物の悪党だな」

「善人にも悪人にも、等しく雨は降る。いずれは、おっ死《ち》ぬ運命だ。悪人を全《まっと》うしてやるさ」

おらくは徳右衛門の死んだ場所へ、娘のおみちも連れてくるという。

ちょうどいい。一気に始末をつけてやる。

三左衛門と五郎三は、桟橋の手前までやってきた。

辺りはしんと静まり、雨が川面を打つ音しか聞こえてこない。

丈の高い葦叢《あしむら》の向こうには、朽《く》ちかけた小船が繋がっている。

船頭はいるのかいないのか、どちらにしろ、気づいてはおるまい。

――ごおん。

亥ノ刻を報《しら》せる石町《こくちょう》の捨て鐘が、川風に乗って聞こえてくる。

町木戸の閉まる時刻に合わせ、おらくはやってくるはずだ。

「そろりとだな」

五郎三がつぶやいた。

雪駄《せった》の跫音《あしおと》がふたつ、揺れる提灯の光に導かれ、ひたひたと近づいてくる。

まちがいない。おらくとおみちだ。

ふたりとも蛇の目をさし、提灯はおみちが握っている。

「おめえさんは、葦の蔭に隠れてくれ」

「承知した」

五郎三はひとりになると、龕灯に火を灯した。

大きく廻して合図を送ると、おらくとおみちがまっすぐやってくる。

「へへ、よく来てくれたな」

五郎三が喋りかけた。

母と娘は前後に離れ、おらくだけがつっと近づいてくる。

「どうしたい。何も恐れることはあるめえ」

「ふん、用心に越したことはないさ」

「金は持ってきたんだろうな」

「ここにあるよ」

おらくは、小脇に抱えた風呂敷包《ふろしきづつ》みを差しだす。

「見せてみろ」

「信用しないのかい」

おらくは薄く笑い、包みを濡れた土のうえに置き、結びを解いて見せる。

包みがはらりと解け、黄金色の小判が顔をみせた。

「帯封《おびふう》を解いて持ってきたのさ。拝みたいだろうとおもってね」

「わかってんじゃねえか」

五郎三は脂《やに》で汚れた前歯を剝き、にっと笑う。

おらくは、般若《はんにゃ》のような顔で睨みつけた。

「おまえさん、三百両で手を打ってはなし、嘘じゃないだろうね」

「ああ。おれはそういった約定《やくじょう》は守る男だ。おめえも知ってんだろう」

「そうだね。悪事ははたらいても、おまえさんは悪党との約定を違《たが》えたことはない」

「そのおかげで、今のおれがある」

胸を張る五郎三に向かって、おらくは顎をしゃくった。

「徳太郎を殺ってくれるんだろうね」

「心配《しんぺえ》すんな」

三左衛門は葦の蔭で、ぴくっと耳をそばだてた。

おらくがさっそく、期待どおりの台詞を吐いてくれたからだ。

半四郎もどこかの繁みに潜み、ふたりの会話を漏らすことなく聞いているにちがいない。そうであることを期待した。

五郎三が右手を差しだす。

「さあ、金を寄こしな」

「お待ち。証文を貰ってからだよ」

「けっ、面倒臭《くせ》え女だな」

「わたしは商売人なんだよ。死んだ亭主に仕込まれたのさ。商いに口約束は禁物だってね」

「よく言うぜ。てめえで亭主を殺めておきながらよ」

「殺めたのは良平だよ。わたしじゃない」

「おめえが殺らせたんだろうが。ついでに、良平にも毒を盛りやがって。あいつは気の小さい小悪党だった。おめえに引きあわせたなあ、このおれだ」

「そうだったね。おかげさまで、伊勢波の身代はいただいたよ。あんただって、美味い汁を吸ったろう」

「けっ。おめえってやつは、ほんとうに恐《こえ》え女だぜ」

「喋りすぎだよ。もう、そのへんにしときな。ほら、証文に名前と爪印《つめいん》だよ。ちゃっちゃと済ませておくれ」

「よし、紙を寄こせ」

五郎三はゆらりと動き、一歩近づいた。

それを合図に、三左衛門が躍《おど》りだす。

「うえっ、誰だい。そいつは」

「ふふ、閻魔の使いさ」

「何だって。五郎三、おまえ、わたしを裏切る気かい」

「今ごろ気づいても遅いぜ。さあ、旦那、ばっさり殺ってくれ」

三左衛門は、音もなく近づいた。

「ふりゃ……っ」

腹の底から気合いを発し、おらくの腹を裂く。

いや、裂いたかにみえたが、鳩尾《みぞおち》を突いただけだ。

竹光で人を斬ることはできない。

おらくは膝を折り、気を失った。

「きゃあああ」

後ろで、おみちが叫んでいる。

そのさらに後ろから、大きな人影が近づいた。

船頭に化けた半四郎だ。

六尺豊かなからだつきを見れば、すぐにそれとわかる。

おみちは後ろから羽交《はが》い締《じ》めにされ、宙に浮かせた両足をばたつかせた。

「おい、どうなってやがる」

五郎三は身構え、目を白黒させた。

三左衛門は、ゆっくり歩をすすめる。

そして、切っ先をすっと悪党の鼻面に翳した。

「ひぇっ、な、何すんでえ」

「案ずるな。ほれ、竹光だ」

「え」

と、そこへ。

左右の葦叢から、黒羽織の同心と目付きの鋭い岡っ引きがあらわれた。

本所廻りの荒木平太夫と腰巾着《こしぎんちゃく》の文治だ。

五郎三はことばを失い、顎を震わせた。

半四郎はおみちに早縄《はやなわ》を打ち、大声で怒鳴りつける。

「荒木さんよ、わかったかい。徳右衛門殺しの真相が」

「ああ。口惜しいがな、ここまではっきりすりゃ、こっちの負けだ」

「手柄はくれてやるよ」

「うるせえ、糞野郎め」

荒木は悪態を吐き、ずんずん大股で近づいてくる。

黙って拳を固めるや、五郎三の頬を撲った。

「ぐふっ」

五郎三は倒れこみ、泥水を啜る。

荒木が鬼の形相《ぎょうそう》で吐いた。

「文治、縄を打て」

「合点で」

「そっちが済んだら、内儀のほうもな」

「へい、承知しやした」

荒木はこちらを向き、ふんと鼻を鳴らす。

憎たらしい男だ。

三左衛門は竹光を仕舞い、怒りも腹に納めた。

隠蔽《いんぺい》されかけた凶事の真相は、白洲《しらす》であきらかにされることだろう。

いつのまにか、雨はあがっている。

半四郎が笑いながら、近寄ってきた。

「やったね、浅間さん」

「ええ、おかげさまで」

三左衛門は汀に足を向け、深々と頭《こうべ》を垂れた。

「徳右衛門さん」

これでよかろう。成仏《じょうぶつ》してくれ。

胸の裡《うち》で繰りかえせば、風に靡《なび》いた葦叢が、お辞儀をするようにこたえてくれた。

十二

梅雨が明け、江戸は蒸し風呂のような暑さに包まれた。

五月二十八日は両国の川開き、今宵から江戸の夜空は朱色に彩《いろど》られる。大川《おおかわ》の川筋は日暮れ前から花火見物の船が大挙して繰りだし、両国橋は見物人で立錐《りっすい》の余地もないほどだ。

徳右衛門殺しも決着し、伊勢波はようやく平静さを取りもどした。

新しく店の主人になったのは、黒紋付の似合わない徳太郎である。

仲間内の寄合やお得意様への挨拶など、すべての仕切りには番頭の清兵衛が影のように付きそった。

それでも、親の培《つちか》った信用でどうにか商いをつづけられそうな目処《めど》は立ち、ほっとひと息ついた。奉公人たちは一所懸命に立ちまわる新主人を微笑ましく眺め、盛りたてていこうという気になっている。

いずれにしろ、清兵衛なしで伊勢波はまわっていかず、首尾《しゅび》能《よ》く暇《いとま》の許しを得て暖簾分けするどころのはなしではなくなった。

「徳太郎さんが一人前になるまで、あと三年は掛かる」

と、おまつは言う。

「そのあいだ、清兵衛さんはてんてこ舞いの忙しさだろうね」

それでも、夢はかなうにちがいない。

徳太郎は、おまつに約束したという。

かならず、清兵衛には一本立ちしてもらう。

この江戸のどこかに、伊勢波の暖簾を堂々と掲げてもらいたい。

そう、約束した。

おまつは何やら、嬉しそうだ。

今宵は花火見物に、徳太郎とおこん、そして清兵衛を誘った。

清兵衛の病んだ祖母もおもいがけず体調が良いと聞いたので、わざわざ駕籠を手配して運んでもらった。

三左衛門と半四郎、それに、半兵衛とおつやの顔もある。

「これだけの大人数だからね、屋形船を貸切りにしましたよ」

おまつは得意気に胸を張り、みなを桟橋へ導いた。

「ほほう、これはたまげた」

半兵衛が入れ歯を外しかける。

桟橋には、豪勢な屋形船が待っていた。

九間一丸《くまいちまる》とまではいかないが、大屋根の軒には提灯が煌々《こうこう》と並び、底板には畳が何枚も敷かれている。料理人が乗りこみ、酒肴を支度できる場所も設《しつら》えてあったし、蟲《むし》と呼ばれる船頭が三人もおり、船出のときを待っていた。

日没までにはまだ、わずかな猶予《ゆうよ》がある。

川面には杏子色《あんずいろ》の夕陽が溶けこんでいた。

どこからか、陽気な祭文語や三味線《しゃみせん》の音色も聞こえてくる。

屋形船にみなが乗りこんでも、おまつだけはひとり桟橋に佇《たたず》んだまま、誰かを待っていた。

「おまつさん、どなたか、お待ちかい」

徳太郎が、意味ありげに笑った。

おまつは不安そうに頷いてみせたが、つぎの瞬間、ぱっと顔を明るくさせた。

「ほら、来なすった」

みやれば、華やいだ町娘たちがやってくる。

そのなかのひとりに、おまつは声を掛けた。

「おしのさん、おしのさん。こっちだよ。さあ、おいで」

船に乗った連中はみな、色白の美しい相手に注目した。

清兵衛はひとり、呆気にとられている。

その様子を眺め、徳太郎がからかった。

「清兵衛、耳まで赤いよ」

徳太郎はひとりだけ、おまつから報されていたらしい。

今宵の花火見物は、清兵衛のために仕組まれたものだった。

可憐に着飾ったおしのが、駒下駄《こまげた》を鳴らして小走りにやってくる。

「おまつさま、遅くなってすみません」

ぺこりと、可愛げに謝った。

「いいんだよ。はい、これ」

おまつは懐中から、白扇を取りだした。

「扇屋の娘に扇を渡すのも変だけど。受けとってもらえるね」

「はい」

おしのはしっかり返事をし、清兵衛の恋情《おもい》の詰まった白扇を受けとった。

桟橋に涼やかな風が吹きぬけた。

――しゅっ。

土手の彼方《かなた》から、一発目の花火が打ちあがる。

――ぼん。

暮れなずむ低い空に、大輪の花が咲いた。

「玉やあ」

船上からも桟橋からも、大橋の高みからも、喝采《かっさい》が沸《わ》きおこる。

「おまえさん、きれいだね」

「ああ、今年も夏がやってきたな」

おまつと三左衛門は顔を見合わせ、にっこり笑ってみせる。

白扇を帯に差したおしのは清兵衛に手を取られ、船上の人となった。

「それ、漕《こ》ぎだせ」

半兵衛が微酔《ほろよ》い顔で叫んだ。

巨大な屋形船は軋《きし》みながら、大川へと漕ぎだしていく。

花火は絶え間なく打ちあがり、江戸の夜空を朱に染めた。

「おまつ、何やら酔いたくなってきたぞ」

のろけたような三左衛門のことばは、花火の音に掻き消されていった。

武辺不覚悟《ぶへんふかくご》

一

水無月《みなづき》、炎天。

長い舌をだらりと垂らした野良犬が陽炎《かげろう》となって遠ざかり、露地の抜け裏から逃げ水の向こうへ消えていった。

暑い。

茹《う》だるような暑さに、誰もがうんざりしている。

水涸《みずが》れの季節を迎えると、町は死んだように静まりかえる。

大声を発する者はいない。静けさのなかで風鈴《ふうりん》の音色を聞き、金魚売りや冷水《ひやみず》売《う》りの声にじっと耳を澄ます。

耳と目に涼しいものを求めて、貧乏人どもはのっそりと動きだす。

そうした長屋の白昼に、悪夢のような出来事が転がりこんできた。

「おまつどの、おまつどのはおられぬか」

声を嗄《か》らして叫ぶのは、およそ長屋とはそぐわぬ風体《ふうてい》の侍だ。

羽織袴に裃《かみしも》まで着け、必死の形相でどぶ板を踏みつけてくる。

おまつは留守なので、三左衛門が対応するしかない。

「もし、裃のお方。おまつは拙者《せっしゃ》の妻ですが、いったい何のご用でしょう」

「ご説明いたす。されど、そのまえに水を一杯」

と所望《しょもう》され、仕方なく狭苦しい部屋に案内しかけた。

「いや、かたじけない。面目次第もござらぬ」

侍は髷の乱れた頭を下げ、股立《ももだち》を取って敷居をまたぐなり、でんぐりがえりの要領で土間に転がった。

ごつっと上がり端《はな》に頭を打ち、白目を剝いて気絶する。

「おいおい、勘弁しろ」

三左衛門は急いで外に飛びだし、井戸から水を汲《く》みあげ、戻ってくるなり、侍の頭にぶっかけた。

「ふへっ」

半身を起こした侍は水をぴゅっと吹き、鶏《にわとり》のようにきょろきょろしだす。年のころなら四十と少し、四角い顔と厳《いか》つい体軀《たいく》の持ち主で、一見したところ、血の気の多そうな人物に見えた。

「もし、誰を捜しておられる」

「おまつどのを」

「ですから、妻は留守にしております」

娘たちもいない。おすずは呉服屋へ奉公に出ているし、おきちは下駄屋の嬶《かか》ぁに預かってもらっている。

その嬶ぁもふくめて、隣近所の連中が「何だ、何だ」と集まってきた。

「ちゃん」

可愛らしい呼び声を発したのは、四つになったおきちだ。

蒸し風呂のように暑いので、いつまでも軒先にとどまっていられる者はいない。侍が危害をおよぼす者でないことを確かめると、みながみな、おきちでさえも、陽の射しこまぬ自分の穴蔵へ逃げかえっていった。

「おいおい、見放すのか」

裃の侍が貧乏長屋に駆けこんできただけでも一大事なのに、誰ひとりとして関心をしめさない。

暑さもここまでくると終わりだなと、三左衛門は苦笑した。

侍は土間に胡座《あぐら》をかき、手桶《ておけ》に口を付けて水を呑んでいる。

「ぷはあ、生きかえった。命の水じゃ」

「それはよかったですね」

「貴殿は命の恩人じゃ。のはは、拙者は宇佐見伝之進《うさみでんのしん》、上野国《こうずけのくに》は安中藩《あんなかはん》の作事方《さくじかた》を務めており申す」

「ほう、安中藩ですか」

「ご存じかな」

「ええ、まあ」

「もしや、同郷とか」

「拙者は、富岡です」

「富岡といえば隣も同然、七日市藩の所領であるな。ひょっとして、陪臣《ばいしん》であられたのか」

「いかにも」

「お役目は」

「馬廻り役です」

「出奔《しゅっぽん》なされたとか」

「ご明察」

矢継《やつ》ぎ早《ばや》に問われ、掛けあいの要領で応じてしまう。

「ずいぶんまえに藩を捨て、浪々《ろうろう》の身とあいなりました」

「切ないのう。されど、詳しい事情は聞くまい」

「はあ」

「馬廻り役なれば、剣術の心得がおありでござろう。差しつかえなければ、流派をお教え願いたい」

「富田流《とだりゅう》を少々」

「富田流といえば、小太刀か。邪道じゃな」

「え」

「いや、失礼。根が正直者ゆえ、つい、口が滑ってしまう。そのおかげで、何度損をしたことか」

裃侍は遠い目をしてみせ、思い出を噛みしめるように何度も頷いた。

「じつは拙者、一刻（二時間）ほどまえに上役から、内々に切腹《せっぷく》のお沙汰《さた》を下されてな。どう考えても理不尽《りふじん》なはなしゆえ、隙をみて逃げてきたのでござる」

「何ですと」

およそ尋常ならざるはなしを聞かされ、三左衛門は耳を疑った。

「驚くのも無理はあるまい。正直、穴があったら入りたい心地じゃ。されど、死ぬわけにはまいらぬ。生きのびたい一心で上屋敷を飛びだし、脇目も振らずに駆けに駆け、気づいてみたらば穴蔵のなか、あいや失礼、おまつどのの住まわれる裏長屋へたどりついたというわけでな」

困った。とんだ疫病神《やくびょうがみ》が迷いこんできた。

「なるほど、切腹のお沙汰を受けたその足で武士が逃げだすなどという所業《しょぎょう》はもってのほか、江戸幕府開闢《かいびゃく》からこの方、拙者自身も聞いたことがない。まさしく、侍にあるまじき行いじゃ。どうか、武辺不覚悟《ぶへんふかくご》とお笑いくだされ」

笑えぬ冗談を聞かされているか、悪夢でもみているか、どちらかだろう。

「ご理解いただきたい。わしはこのまま、あっさり死ぬわけにいかぬ。事情がござってな、お聞きくださるか」

「はあ、まあ」

宇佐見なる侍は、一《ひと》ツ橋《ばし》御門外の安中藩上屋敷に詰めている。

ところが、どうしたわけか、身に覚えのない不正の罪を着せられ、腹を切るはめになったという。

「国許に、妻子を残してまいった」

子どもは十二歳を頭に四男六女、ぜんぶで十人もいる。

「おわかりいただきたい。目に入れても痛くない子どもたちを、路頭に迷わせるわけにはまいらぬ。せめて、不正の真相を暴きだし、身の潔白《けっぱく》を証明したうえで、死にたいのでござる。さよう、いつなりとでも、腹を切る覚悟はできておる。拙者の命など、どうなってもよいのだが、遺された子らに不名誉で惨《みじ》めなおもいだけはさせたくない。そのおもいのみに突きうごかされ、一心不乱に逃げてまいった。まこと、聞くも涙、語るも涙のはなしでござるよ」

涙目で見つめられても、三左衛門は腑《ふ》に落ちない。

「少しお待ちを」

「何かな」

「どうして、おまつを訪ねてこられたのか」

「さよう、それこそが肝心なところ。じつは、拙者の妻は江戸日本橋に店を構えた呉服屋の娘であった」

今から二十年近くまえの娘時代、おまつとは昵懇《じっこん》の仲だった。今でも時候の便りを交わしあうほどで、折に触れては、おまつの評判を聞かされていたという。

「評判ですか」

「縁結びの聖天様《しょうてんさま》と、誰からも慕われておられるとか」

「ただの十分一屋《じゅうぶいちや》ですよ」

と説明しても、宇佐見は納得してくれない。

「拙者は人を信じることができなくなった。追っ手から逃げながら目指すさきを考えていたところ、聖天様の神々しいお姿が頭に浮かんできたのだ。さよう、こうなれば、聖天様に縋《すが》るよりほかに道はない」

「それで、おまつのもとへ」

「いかにも」

もはや、神頼みだ。

三左衛門は呻いた。

妙な理由で転がりこまれても迷惑なはなしだが、無下《むげ》に扱えば、おまつの怒りを買うにちがいない。

「とりあえず、裃を脱いでおくつろぎください」

「かたじけない」

うっかり畳にあげた途端、宇佐見伝之進は壁を背にして座りこみ、凄まじい鼾《いびき》を掻きはじめた。

二

三左衛門は宇佐見から、とある藩士と連絡《つなぎ》を取ってほしいと頼まれた。

それは江戸詰めの安中藩横目付《よこめつけ》、牛尾兵庫《うしおひょうご》なる幼馴染《おさななじ》みのことで、上屋敷を訪ねれば会えるという。

「訪ねろと言われても、無謀なはなしだ」

板倉《いたくら》氏の領する安中藩は三万石の小藩とはいえ、歴《れっき》とした大名にほかならない。

一介の浪人が気軽に訪ねても、門前払いされるだけであろう。

逃亡者を匿《かくま》っていることが知れたらただでは済まぬだろうし、とばっちりを避けたいおもいもあったが、おまつに事情をはなすと、ひと肌脱いでおあげなと、予想どおりの返事が戻ってきた。

三左衛門は重い足を引きずり、一ツ橋御門外の板倉屋敷へおもむいた。門前払いを避けるべく、宇佐見からは「雀《すずめ》のお宿の使いでまいった」と伝えるように言われていた。「雀のお宿」とは国許にある洟垂《はなた》れどもの遊び場で、親友の牛尾ならばすぐにそれと勘づいてくれるはずだという。

「まったく、わけがわからぬ」

厳然と聳《そび》える門前までやってきたはいいが、しばらくのあいだは躊躇《ちゅうちょ》していた。

「ええい、ままよ」

ついに余計な考えを捨て、六尺棒を握った門番のもとへ近づき、牛尾兵庫への取次を願いでる。

「お待ちを」

意外なことに何ひとつ疑われもせず、しばらく門前で待っていると、短軀《たんく》で肩幅の広い侍が険《けわ》しい顔つきでやってきた。

「牛尾兵庫どのですか」

嬉々として声を掛ければ、相手は警戒顔で頷く。

「肚を決めるか」

「いかにも牛尾だが、貴殿は」

「拙者、浅間三左衛門と申す食いつめ者にござる」

三左衛門は身を寄せ、声を押し殺す。

「お察しのとおり、宇佐見どのからのご伝言を携えてまいった」

牛尾は眉根を寄せた。

「宇佐見はいま、どこにおる」

「それはまだ、申しあげられません」

長屋に置いておくわけにはいかないので、夕月楼の金兵衛に頼んで匿ってもらった。

そのことを告げれば、即刻、捕り方を差しむけられそうだ。

「ご心配なく。宇佐見どのは、いたってお元気です」

「元気だと。能天気《のうてんき》なことを抜かしおって。あやつは罪人だ。罪人を匿えば、おぬしもただでは済まぬぞ」

「わかっております。なれど、身に覚えのない罪状で腹を切らされる者の身にもなってごらんなさい。あるいは、唐突《とうとつ》に助けを請われた拙者の身にもなっていただきたい。どっちにしろ、宇佐見どのの願いを無下にはできぬ」

牛尾兵庫は首をかしげた。

「宇佐見はおぬしに、身に覚えのないことと告げたのか」

「ええ。何者かに不正の罪をかぶせられたと、憤《いきどお》っておられましたよ」

「ちっ、武辺不覚悟の卑怯者《ひきょうもの》に憤る資格などないわ」

「まあ、そう怒らずに」

三左衛門にたしなめられ、牛尾は仏頂面《ぶっちょうづら》で黙りこむ。

「事情はどうあれ、武士ならば潔《いさぎよ》く死なねばならぬと、ご本人もわかっておられるようです」

「それなら、なぜ逃げる」

「腹を切るのは吝《やぶさ》かではない。ただ、国許に残してきた妻子のことをおもうと、このままでは死んでも死にきれぬと、宇佐見どのは仰《おっしゃ》いました。とりわけ親しい牛尾どのならば、そのあたりの機微《きび》はわかってくれるだろうと、藁《わら》にも縋るおもいで拙者を寄こされたのです」

牛尾は溜息を吐き、勝手に歩きだす。

三左衛門は黙って、背中にしたがった。

たどりついたさきは、九段下《くだんした》の一角にある鰻屋《うなぎや》だ。

表口には『江戸前大蒲焼《えどまえおおかばやき》』と書かれた看板が立っており、香ばしい蒲焼きの匂いが食欲をそそった。

「昼餉《ひるげ》には早いが、ちと腹が減った。貴殿は」

「ふむ。減りましたな」

牛尾は衝立で仕切られた床几《しょうぎ》の奥を占め、渋団扇《しぶうちわ》をぱたぱたやる親爺に向かって大声で鰻丼を注文した。

「少々値が張るゆえ、安中の貧乏侍どもは滅多《めった》に立ちよらぬ」

「なるほど」

門前の態度とは打って変わり、牛尾は親しげに微笑《ほほえ》んでみせる。

「それにしても、ちょうどよいところへお訪ねいただいた。わが藩は今、宇佐見の行方を血眼《ちまなこ》になって捜しておるところだ」

「そうでしょうとも。お沙汰の場から逃げだすなど、前代未聞《ぜんだいみもん》のはなしです」

三左衛門は眸子《まなこ》を瞠《みは》り、大仰《おおぎょう》に驚いてみせる。

牛尾は頷いたそばから、首をかしげた。

「あやつはなぜ、貴殿のもとへ逃げこんだのかな」

「神頼みだったそうです」

おまつを頼ったくだりをはなしてやると、牛尾は済まなそうな顔をする。

「とんだとばっちりではないか。や、申し訳ございませぬ。それにしても、見上げた御仁《ごじん》だな。赤の他人のために、敢《あ》えて厄介事《やっかいごと》を背負いこむとは」

「どうせ暇な身ですし、これも何かの縁です。困った方を救ってやらねば、夢見も悪くなりましょう」

「夢見か」

「はい」

三左衛門は、さらりと話題を変えた。

「ところで、宇佐見どのはなぜ、不正の疑いを掛けられたのです」

「ふむ、ちと入りくんだ事情がござってな」

牛尾は言いよどんだのち、意を決して喋りはじめた。

「わが藩御用達《ごようたし》の材木問屋に赤城屋《あかぎや》というのがござる。そこの番頭で喜助《きすけ》という者が作事方の役人と結託《けったく》し、三年ものあいだ、献上桐《けんじょうぎり》の横流しをやって私腹を肥やしていたことが判明したのだ」

江戸家老の浜田調所《はまだずしょ》宛てに、一通の訴状がもたらされたのだという。

差出人は不明ゆえ、投げすててもかまわぬところであったが、たまさか家老の目に留まり、調べよということになった。さっそく目付筋が動き、横流しの首謀者と目される番頭の喜助を捕まえ、作事方の役人は誰かと問いつめたところ、宇佐見伝之進の名があがった。

「拙者は耳を疑った。いや、拙者だけではない」

宇佐見の忠勤ぶりを知る者はみな、妙だなと首をかしげた。

だが、悪事をはたらいた張本人の口から宇佐見の名が漏れたのだから、信じないわけにはいかなかった。

どうやら、それが事の経緯《いきさつ》らしい。

喜助という番頭が捕まったのは、三日前のはなしだ。

宇佐見は理由も告げられずに丸二日も謹慎《きんしん》させられ、今朝一番で上役から内々に切腹の沙汰を申しわたされた。

「宇佐見どのへの詮議《せんぎ》は無しですか」

「ほとんど、詮議らしい詮議は無かったものと聞いておる」

「それは、あまりに乱暴なはなしではありませんか」

「されど、罪状は明々白々、何しろ、番頭の詮議に立ちあった筆頭《ひっとう》目付《めつけ》どのがそう判断なされたのだからな」

三左衛門は、きらっと眸子を光らせた。

詮議に立ちあった筆頭目付こそ、疑わしいのではないか。

ただ、根拠のないはなしをしたところで、牛尾には通用するまい。

「宇佐見どのに沙汰《くちが》を下した上役は、詮議の結果を鵜呑みにした。目付よりもたらされた番頭の口書きを頭から信じ、配下の弁明をないがしろにしたのだとすれば、浅慮の至りというよりほかありませんね」

「ふうむ」

牛尾は苦しげに呻いた。

そこへ、鰻丼が運ばれてきた。

ふたりは黙って、湯気をかっこむように食べはじめる。

「いかがかな」

「美味《うま》い。じつに、美味い」

「そうでござろう。この味、宇佐見もこよなく愛しておった。腹を切らせるまえに、今一度食べさせてやりたいものだが」

牛尾は首を振り、抱えた丼をごとりと置いた。

「じつを申せば、献上桐横流しの噂は以前からあってな、根が深い一件であることはわかっておる。少なくとも、一介の番頭がやったことではないと、拙者も睨んでおった。貴殿の仰るとおり、ひょっとしたら、宇佐見は誰かに塡《は》められたのかもしれぬ」

「なれば、ご親友への疑いを晴らさねばなりますまい」

勢いこむ三左衛門の面前に、掌が翳《かざ》された。

「待ってくれい。宇佐見の心中は、ようわかった。疑いを晴らしてやりたいのは山々だが、いうほど容易なはなしではないのだ」

容易でないのはわかっている。やり方を誤れば、牛尾も罰せられることになりかねない。

三左衛門は、はなしの矛先《ほこさき》を変えた。

「牛尾さん、赤城屋の番頭はどうなります」

「まず、打ち首であろうな」

「横目付のあなたなら、直《じか》に詮議もできましょう」

「できぬこともないが」

「是非とも、お願いしたい。番頭に面と向かえば、真偽のほどもわかりましょうし、横流しをやった黒幕の正体が透けて見えるやもしれません」

「黒幕か」

「そうですよ」

三左衛門は丼を抱えたまま、牛尾の顔を覗きこむ。

「真相を究明する日にちの猶予は、どれほどありましょうか」

「七日後、御屋敷の白洲にて重臣による評議が催される。内々で沙汰を下された者に最後の申しひらきが許される場でな、型どおりの儀式ともいえるが、それまではお沙汰も確定はしない」

それが安中藩の慣例になっているらしい。

「七日後ですか。急がねばなりませんな」

「ふむ。しかし、困った」

「何を困ることがあるのです。真相を探り、黒幕の正体を暴いてみせるのが、親友の役目でしょう」

厳しい口調で言いはなつと、牛尾は目を背《そむ》けた。

「まあ、できるだけのことはやってみよう」

「そのことば、宇佐見どのにお伝えしてもよろしいですか」

「ん、ああ」

唯一、信頼を寄せていた友は保身に走っている。

この男は頼りにならぬと、三左衛門は見切った。

三

こうなれば、みずから、できるだけのことをやってやる。

三左衛門は侠気《おとこぎ》に燃え、牛尾に教えてもらった『赤城屋』に向かった。

御用達の材木問屋は神田川を渡った向こう、佐久間町《さくまちょう》の一角にある。

俗に神田材木町《ざいもくちょう》とも呼ぶ河岸のそばだ。

裏手には、安中藩の中屋敷がでんと構えている。

何ひとつ策もなく、三左衛門は店の敷居をまたいだ。

すると、主人らしき五十がらみの太った男が、ちょうど出掛けようとしているところだった。

「ご主人か」

「へえ。主人の久兵衛《きゅうべえ》にございますが、お武家さまは」

「七日市藩の作事方じゃ」

と、嘘を吐《つ》く。

「ほう、七日市藩の」

商売人らしく、久兵衛はきらりと目を光らせる。

ここぞとばかりに、三左衛門はたたみかけた。

「安中藩のお作事方に紹介されてな。材木の調達をお願いしたいのだが」

「ほほう、それはそれは」

「一万石の小藩とは申せ、大名の依頼じゃ。わしの口から申すのも何だが、大きい商いになるぞ」

「それはありがとう存じます。ところで、安中藩のお作事方とは、どなたさまにございましょう」

「宇佐見伝之進どのじゃ」

わざと声を張ってみせると、主人ばかりか、まわりの奉公人たちが一斉に動きを止めた。

久兵衛はぱんと裾を叩き、膝を折って正座する。

「お武家さま、どうぞそちらに」

上がり端に招じられ、腰をおろすと、気の利く丁稚《でっち》が茶を運んでくる。

ずるっとひと口啜《すす》ったところで、久兵衛の低い声が聞こえてきた。

「宇佐見さまは、手前どもの番頭喜助をそそのかし、ご献上桐の横流しをおこないました。今朝ほど、内々で切腹のお沙汰を受けたやに聞いております」

「な、な、何だと」

三左衛門はわざと驚き、口にふくんだ茶を吹きだす。

我ながら、真に迫る演技だ。

「宇佐見さまは藩名を汚す大罪人、さような人物からのご紹介では、材木一本たりともお売りするわけにはまいりません」

「事情はようわかった。されど、ひとつ教えてほしい」

「何でしょう」

「番頭をしょっ引かれた以上、おぬしの店も無事では済むまい。赤城屋はいったい、どうなる」

「ご沙汰があれば、神妙にしたがうまでのはなし。されど、手前どもは安中藩の御用達となって三代つづく老舗《しにせ》、上州辺りのみならず、関八州《かんはっしゅう》にまたがる材木の調達経路を押さえておりますれば、そう容易《たやす》く潰すことはできますまい。ぬふふ」

久兵衛は胸を張り、自信ありげに言ってのける。

「おわかりいただけましたか。もし、手前どもとの取引をご所望なら、作事方の志村金吾《しむらきんご》さまをお通しください」

「志村金吾どの」

宇佐見伝之進に切腹を申しわたした組頭《くみがしら》らしい。

慇懃《いんぎん》な態度で突きはなされ、三左衛門は引きさがるしかなかった。


もちろん、ここであきらめたら、ただの無駄足になってしまう。

久兵衛を乗せるための駕籠《かご》は表口になく、裏手のほうで待っていた。

となれば、駕籠を尾行しない手はない。

——あん、ほう。あん、ほう。

担ぎ手の掛け声も勇ましく、宝仙寺《ほうせんじ》駕籠が奔《はし》りだす。

追いかけていくうちに周囲は薄闇に閉ざされ、両国橋を渡ったところにはとっぷり暮れてきた。

空には花火が打ちあげられ、夏の風情を楽しみながら、墨堤《ぼくてい》に沿ってすすむ。

駕籠の足はけっこう速く、追いかけていくうちに汗《あせ》みずくになった。

行きついたさきは、向島《むこうじま》の三囲稲荷《みめぐりいなり》を背に抱えた料理茶屋だった。

帰りはおそらく、竹屋《たけや》の渡しから小船を選ぶにちがいない。

料理茶屋は船着場に近く、常のように何艘《なんそう》か繫がっている。

いったい、誰と会うのだろうか。

「つきとめてやる」

三左衛門は意気込んだ。

駕籠は船着場を過ぎ、料理茶屋の奥深い入口へ向かう。

が、三左衛門は、そこからさきへすすむのを躊躇《ためら》った。

松の枝がさわりと揺れ、木陰からひょろ長い人影があらわれたのだ。

「待て」

重々しい声が掛かった。

すがたをみせたのは、立派な身なりの月代侍《さかやきざむらい》だ。

物腰から推すと、かなりの遣い手にまちがいない。

三左衛門が身構えると、相手は意外な台詞《せりふ》を吐いた。

「おぬし、赤城屋の用心棒か。それにしては、貧相な面《つら》だな」

「ふふ」

笑ってやった。

「面は貧相でも、腕は立つぞ。何なら、ためしてみるか」

一か八か乗ってみせると、相手は不敵な笑みを浮かべる。

「よかろう」

大刀を抜きはなち、ざっと踏みだす。

「どうした、抜かぬか」

三左衛門は誘われ、小太刀を抜いた。

「おい、ふざけておるのか」

「いいや」

「ならばなぜ、大刀を抜かぬ」

「わしは富田流の小太刀を使う」

「ほほう」

「遠慮のう、斬りかかってこい」

「されば、まいるぞ。つお……っ」

相手は突くとみせかけ、鎬《しのぎ》を返し、顔面を狙ってせぐりあげてきた。

「のわっ」

どうにか避け、反転しながら、片手持ちの水平斬りを繰りだす。

ばさっと袂《たもと》をひるがえし、相手は後方へ飛び退いた。

「ぬぐ」

三左衛門は、頬を浅く斬られている。

一方、相手の右袖も断ってやった。

「ふん、やりおる」

男は口端を吊り、ばすっと袖を引きちぎった。

「わしの名は鮫川源十郎《さめかわげんじゅうろう》、安中藩筆頭目付鬼頭内膳《きとうないぜん》さまの用人頭じゃ。おぬしは」

「浅間三左衛門、長屋暮らしの浪人さ」

「世の中は広いの。小太刀をそれだけ使う者を知らなんだ。ま、せいぜい、赤城屋から搾《しぼ》りとってやれ。ふはは、悪党からいくら搾りとっても、心は痛むまいて」

鮫川と名乗る用人頭は、誤解したまま去っていった。

悪党の赤城屋は向島の料理茶屋で、安中藩の筆頭目付と会っている。

「鬼頭内膳か、大物だな」

牛尾兵庫によれば、番頭の喜助を詮議したのも、たしか筆頭目付であった。

本来なら繋がってはいけない者同士が、江戸の外れで隠密裡《おんみつり》に会っている。それがわかっただけでも、わざわざ駕籠を追ってきた甲斐《かい》はあった。鮫川なる用人頭とは、いずれ雌雄《しゆう》を決することになるかもしれない。手強い相手だ。

三左衛門は、頬に流れる血を舐めた。

「苦いな」

侠気だけで関わってしまったことを、少しばかり後悔した。

四

宇佐見伝之進は夕月楼の二階座敷に居座り、賄《まかな》い飯《めし》をばくばく食べている。三左衛門の好きな谷中《やなか》と呼ばれる葉《は》つき生姜《しょうが》なんぞを肴《さかな》にしながら、上等な下り酒まで呑んでいた。しかも「死にきれずたらふく食って地獄行き」などと、戯《ざ》れた川柳《せんりゅう》を詠《よ》むほどの能天気ぶりだ。

楼主の金兵衛も調子に乗って「子をおもい武辺不覚悟よく逃げた」などと、楽しそうに詠みかえしている。

拠所《よんどころ》ない事情を聞き、おまつも顔を見せていた。

何やら、宇佐見との再会を懐かしんでいる。

「おぼえておいでですか。祝言のとき、一度だけお顔を拝見いたしました。あのころも凛々《りり》しい若侍でしたけど、ずいぶん貫禄《かんろく》が出てきなされた。ご存じのとおり、おかよちゃんとわたしは無二の友でした。お侍の奥さまになると聞いたときは、腰が抜けちまいましたよ。うふふ、たしか、宇佐見さまの岡惚《おかぼ》れでしたよね」

「そのとおりでござる。拙者はたまさか町角であれを見掛け、目を釘付けにされた。大店の箱入り娘と知っても、尻込みする気など毛頭なく、三顧《さんこ》の礼をもって嫁にほしいと頼みこんだのでござる」

「おかよちゃんのおとっつぁんは、むかしっから俠気のある方でしてね。しっかり者のおかよちゃんに婿を取り、店を継がせるお心積もりだったんですよ。ふふ、今は頼りない弟が店を継いでおりますけど」

宇佐見の熱意は伝わり、ふたりはめでたく夫婦になった。

そして、子宝にも恵まれた。

「なにせ、十人ですものね」

「いや、ははは、まことにもって恥ずかしいかぎりでござる」

「恥ずかしいことなんざ、少しもありゃしませんよ。みなさまお健《すこ》やかなご様子で、わたしも喜んでおりました」

おまつは微笑みかけ、真顔に戻る。

「でも、どうして、こんなことになったんだろう。切腹のお沙汰が下されたと聞き、運命を呪《のろ》いましたよ」

「ご心配をお掛けしてすまぬ」

「どうしたものか迷いましたが、お国許に早飛脚《はやびきやく》を出しておきました。おかよちゃんには窮状を報《しら》せておいたほうがいい。差しでがましいことかもしれないけど、そうおもいましてね」

「ありがたい。このとおりでござる」

宇佐見は涙ぐみ、両手をついて頭を深々とさげた。

「よしてくださいな」

おまつも袖で涙を拭い、すっと立ちあがる。

「それでは、わたしはこれで。一刻も早くお疑いが晴れるのを、心からお祈りしておりますからね」

おまつが去るのをみはからい、三左衛門は向島での一件を告げた。

宇佐見は、えらく興味をしめす。

「鮫川源十郎と言えば、藩内きっての遣い手。よくぞ、生きて帰ってこられたな」

「赤城屋の用心棒と勘違いした様子で、相手も本気ではなかったのでしょう」

「なるほど。それにしても、筆頭目付さまと赤城屋が宴席でいっしょだったとは、意外な組みあわせだな」

「赤城屋は、かなりあくどい商人のようですね」

「遣り手さ。あれだけの商売を張るには、あくどい手段も講じねばなるまい」

「なるほど」

三左衛門は納得する。

「献上桐の横流しは、赤城屋本人のやったことかもしれませんね。それを隠蔽《いんぺい》すべく、筆頭目付に近づいた」

「ふむ、筋は通るな」

宇佐見は、思案顔でつぶやく。

「番頭の喜助はよく知っておる。真面目一本の男でな、不正を知ったがゆえに塡められたのかもしれぬ」

喜助が取り調べで宇佐見の名を出したとすれば、何か別の意図があってのことかもしれない。

「そう言えば、喜助から預かったものがあった。上役どのも、そうしたものがないかどうか、執拗《しつよう》に糺《ただ》しておったわ」

「何ですか、預かったものとは」

「種だ」

「種」

「ふむ。夕顔の種さ」

蒔《ま》く場所まで指定されたという。

三左衛門は身を乗りだした。

「蒔いたのですか」

「ああ、蒔いた。ふた月余りまえ、八重桜《やえざくら》が咲くころに」

「いったい、どこへ」

「はて。どこだったかな」

宇佐見は、腕組みして天井を睨みつける。

「おもいだした。明石町《あかしちょう》の南桟橋だ。ちょうど今時分は咲いたころであろう。

今から行ってみようか」

暗がりに紛れて行けば、見つかることはあるまい。

「まいりましょう」

三左衛門は、すっと尻を持ちあげた。


夕顔は咲いていた。

遠目で眺めれば漁《いさ》り火《び》のようにもみえ、明石橋に近い浜辺の一角に咲きほころんでいた。

夕顔の向こうには昏《くら》い海原が広がり、夜空には龍《りゅう》のような雲が悠然《ゆうぜん》と流れている。

桟橋のほうでは篝火《かがりび》が焚《た》かれ、大勢の人影があった。

覆面《ふくめん》の侍が三人、荷揚げ人足たちも大勢控えている。

「いかにも怪しいな」

三左衛門と宇佐見は歩をすすめ、松の木陰に身を隠した。

「安中藩の連中でしょうか」

「ふうむ、何とも言えぬな」

やがて、侍のひとりが龕灯《がんどう》を取りだした。

大きく腕を振り、廻しはじめる。

「合図を送っているらしい」

誘われるように、三左衛門と宇佐見は沖をみた。

海側ではなく、大川の河口から、何艘かの船影が近づいてくる。

「う、あれは」

宇佐見は声を震わせた。

「あれは黒帆《くろほ》だ」

「黒帆」

「関八州の材木を江戸へ運ぶ抜け荷船さ」

「え」

三左衛門は、ことばを失った。

宇佐見は興奮を抑えきれず、声をひっくり返す。

「喜助の意図がわかったぞ。夕顔の咲くころになれば、明石町の南桟橋へ抜け荷船がやってくる。それを伝えるべく、わしに種を蒔かせたのだ」

「すると、あの船には安中藩の献上桐も積まれていると」

「かもしれん。いや、まちがいなかろう」

おそらくは分散して、毎夜のように荷揚げしているのだ。

桟橋に立つ覆面の侍たちは、いったい何者なのだろうか。

藩の作事方なのか、それとも、まったく関わりのない雇われた者たちなのか、
宇佐見にも見破ることはできない。

「尻尾《しっぽ》を摑《つか》んでやりたいな」

宇佐見は、合図の龕灯に眸子を細める。

「いっそ、斬りこみますか」

戯れた調子でつぶやいた途端、きっと睨まれた。

「早まるな。敵の尻尾を摑むまでは隠忍《いんにん》自重《じちょう》だ」

「はあ」

「よし、わかればいい」

切腹を申しつけられたはずの男から、居丈高に説教された。

どうして、こやつに仕切られているのだろう。

三左衛門は疑問を感じながらも、闇のように迫る黒帆を眺めつづけた。

五

明石町の南桟橋に荷揚げされた材木は別の荷船に移され、海原のほうへ遠ざかっていった。荷の行き先を見失い、宇佐見は口惜《くちお》しがったが、敵も法度を犯しているだけに行動は慎重だ。

逃亡から三日目、三伏《さんぷく》の暑さは極まったかのようだ。

鵜籠《うかご》の花入れに挿した夕顔は、すぐに枯れてしまった。

寝苦しいうえに藪蚊《やぶか》に刺され、搔きつぶした臑《すね》は血だらけになっている。

三左衛門は安中藩の様子を窺うべく、ふたたび、一ツ橋御門外の板倉屋敷を訪ねた。

しばらく門前で待っていると、牛尾兵庫が仏頂面であらわれ、先日と同じ鰻屋へ連れていかれた。

汗を搔きながら鰻丼を食い、腹ができたところで切りだす。

「番頭の喜助と会われましたか」

牛尾は箸を止め、重い溜息を吐いた。

「喜助は牢死した」

「え」

今朝早く、冷たくなってみつかったらしい。

「昨晩会ったときも、まともに喋ることはできなかった」

「会われたのですね」

「ふむ。会うには会ったが、何を聞いても、虚《うつ》ろな目を床に落とすだけでな」

「可哀相に。筆頭目付に嗔められたのですよ」

「おぬし、そんなことを口走ったら、ただでは済まぬぞ」

凄まれても、三左衛門は怯《ひる》まない。

「筆頭目付の鬼頭内膳と赤城屋久兵衛が裏で繋がっているとしたら、牛尾さん、どうなされる」

「まさか。潔癖《けっぺき》な鬼頭さまにかぎって、そのようなことはない。おぬし、何か根拠があって喋っておるのか」

向島での経緯がのどまで出掛かったが、ぐっと怺《こら》えてことばを呑みこんだ。

牛尾は宇佐見の友人だが、鬼頭内膳の配下でもある。

敵側に転んでもおかしくはない。

「浅間どの、そろりと宇佐見の居所を教えてくれぬか」

「どうなさるおつもりか」

「ともかく逢いたい。逢って、本人の口から真実を聞きたい。それに」

「それに、何です」

牛尾はわずかに躊躇い、声を押し殺す。

「妻女のおかよどのを国許から呼んだ」

「え」

三左衛門は驚いた。

「どうして、呼びよせたのですか」

「わしは、おかよどのをよく知っている。余計なことかもしれぬが、生きているうちに宇佐見と逢わせてやりたかった。それゆえ、こたびのあらましを書状に綴り、一昨日、いの一番で飛脚を立てた。ついいまし方、返事を受けとってな。明夕、おかよどのは板橋宿《いたばししゅく》へやってくる」

「板橋宿」

三左衛門は眉をひそめる。

「さよう。石神井川《しゃくじいがわ》を渡った上宿《かみしゅく》に、弁天屋《べんてんや》という旅籠《はたご》がある」

そこに一泊し、とりあえずは様子を窺うつもりらしい。

「明夕、弁天屋を訪ねてもらえば、逢えるだろう。そう、宇佐見にお伝え願いたい。わかっているとおもうが、一度下されたお沙汰は、よほどのことでもないかぎり、引っこめられるものではない。妻子を巻きこみたくなければ、離縁状《りえんじょう》を携えてこいと、そのようにお伝え願えぬか」

「離縁状ですか」

なるほど、その手が残されていた。

妻女を離縁すれば、宇佐見家との縁は切れる。

商家出の妻女ならば、子を連れて実家へ戻る道もあろう。

「友としてできることは、それくらいのものだ」

牛尾は涙ぐんだ。

貰い泣きしそうになる。

牛尾兵庫が策を弄《ろう》する人物には見えなかった。

六

翌、四日目。

午過《ひるす》ぎから夕月楼を出て、一路、中山道《なかせんどう》を板橋宿へ向かった。

道は乾き、荷車や早馬と擦《す》れちがうたびに土埃《つちぼこり》が舞いあがる。

宇佐見は途中まで快活に喋っていたが、巣鴨《すがも》の追分《おいわけ》を過ぎた辺りから口をきかなくなった。

右手に飛鳥山《あすかやま》をのぞむ王子《おうじ》との分かれ道にたどりつくと、燃えるような百日紅《さるすべり》の咲いた街道脇に庚申塚《こうしんづか》が建立《こんりゅう》されていた。

庚申塚は旅人が道中の無事を祈る場所、旅人同士が落ちあう目印でもある。

宇佐見は歩みより、両手を合わせた。

今になって、死を覚悟したかに見える。

黙然と祈りを捧げたあとは、一転、晴れやかな顔になった。

「妻と逢うのは二年ぶりでな。あは、あはは」

照れたように笑い、胸を張って歩きだす。

二年ぶりの再会は、友から贈られた死出のはなむけなのだ。

牛尾にたいして、宇佐見は心底から感謝しているらしかった。

何やら、可哀相になってくる。

再会を果たし、永遠の別れを惜しまねばならぬとしたら、夫婦となった運命を恨むしかあるまい。

正面の空は、鮮やかな茜色《あかねいろ》に染まっている。

ふたりは夕暮れの街道を、埃まみれで歩きつづけた。

「棒鼻《ぼうはな》（宿場のはずれ）だぞ」

人馬継立《じんばつぎたて》の問屋場《といやば》が見えた。

棒鼻を過ぎれば板橋の平尾宿《ひらおしゆく》、道の左右には旅籠がずらりと軒を並べ、鵜《う》の目鷹《めたか》の目《め》の留女《とめおんな》たちが旅人を誘いこもうとする。数多《あまた》の荷駄や牛馬が行き交うなか、花街《かがい》の灯りも点《つ》きはじめた。

右手奥には加賀藩《かがはん》の下屋敷が控えている。

左手は雑司ヶ谷《ぞうしがや》へ逃れる分かれ道で、宿場をさらに奥へとすすめば、石神井川が見えてくる。

ふたりは滔々《とうとう》と流れる川面を眼下におさめ、宿場名の由来ともなった板橋を渡った。

渡ってすぐに右へ折れると、弁天屋は苦もなく見つかった。

川に面して建てられた旅籠で、さほど大きくもない。

「さきに様子を窺ってこようか」

気を遣ったつもりが、言下に拒まれた。

「いいや、いっしょにまいろう」

肩を並べて敷居をまたぎ、宇佐見が凛々しく妻女の名を告げると、手代風の男が揉み手でやってきた。

「もしや、宇佐見伝之進さまで」

「そうだが」

「お聞きしております。ささ、どうぞこちらへ」

狐のような顔のせいか、狡猾《こうかつ》な小悪党に見える。

宇佐見もどうやら、同じような印象を持ったらしい。

「妻女はもう、到着しておるのか」

「へえ。首を長くしてお待ちです」

「さようか」

狐顔の手代は、あくまでも調子が良い。

「おみ足をすすがせましょう」

「いや、それにはおよばぬ」

濡《ぬ》れ雑巾《ぞうきん》で足の裏だけ拭き、宇佐見は板間を踏みつける。

疲れた足をすすぐ間も惜しんで、妻女に逢いたいのだ。

「さあ、案内してくれ」

「へえ」

三左衛門も足をすすぐのをあきらめ、宇佐見にしたがった。

手代は微笑んでいるものの、目付きが鋭い。

隙の無い物腰が、かえって妙に感じられた。

胸騒ぎをおぼえたものの、宇佐見を止めることはできない。

「では、こちらのお部屋へ」

奥の座敷で足を止め、手代は襖障子《ふすましょうじ》を開ける。

息を詰めたが、部屋のなかに人影はなかった。

「こちらで少しお待ちを。奥さまをお呼びいたしますので」

「迷惑を掛けてすまぬな」

宇佐見は疑いも抱かず、上座にどっかり腰をおろす。

三左衛門は何やら、のどの渇きをおぼえた。

やはり、どうもおかしい。

「宇佐見さん」

掠《かす》れた声で名を呼んだ。

と、そのとき。

廊下の奥から、どやどやと跫音《あしおと》が迫ってきた。

「まずいぞ」

三左衛門は、がばっと立ちあがる。

と同時に、廊下側から襖が蹴破られた。

「宇佐見伝之進、神妙にいたせ」

捕《と》り方装束《かたしようぞく》の連中が白刃を翳し、どっと躍りこんでくる。

「うえっ」

宇佐見は仰天《ぎようてん》し、ひっくり返った拍子《ひようし》に壁で頭を打った。

「すりゃ……っ」

鋭い踏みこみとともに、白刃が突きだされる。

これを、三左衛門が小太刀で弾いた。

「うくっ」

敵は怯む。

火花が散り、大刀が宙に飛んだ。

切っ先が天井に刺さり、刀身がぶるぶる震える。

「ぬわっ」

刀を失った男を楯《たて》にして、廊下へ逃れでた。

「おい、早く来い」

三左衛門は宇佐見を怒鳴りつけ、一方では敵の数を確かめた。

すぐそばに三人、その背後に三人、表口にも四、五人は詰めている。

川へ通じる裏口にはたしか、桟橋があったはずだ。

そこしかない。

脱出経路を探りながら、正面の三人と対峙《たいじ》する。

「ぬりゃお」

ひとりが、青眼《せいがん》から突きあげてきた。

ひらりと躱《かわ》し、逆しまに脇腹を抜く。

「ぎぇっ」

肉を斬った感触が残った。

深手《ふかで》だが、すぐに止血すれば助かるだろう。

斬りたくはないが、峰打ちで応じる余裕もない。

さいわい、狭い屋内では小太刀のほうが有利だ。

敵は上段や八相に構えにくいので、おのずと突き技にかぎられてくる。

「うしゃ……っ」

三左衛門は前屈みになり、敵の狭間を縫うように斬りつけた。

ふたり目は手首の腱《けん》を断ち、三人目は首筋に峰を叩きつける。

「ふわああぁ」

大声で煽《あお》りたて、みずからをも鼓舞《こぶ》し、新手の三人を表口へ追いたてた。

頃合いよしと見定め、くるっと踵を返す。

宇佐見は本身をぶらさげ、呆然と立ちつくしていた。

「裏手から逃げろ。ぐずぐずするな」

宇佐見は我に返り、裏口から外へ飛びだす。

すると、そこに、鮫川源十郎が待っていた。

「飛んで火に入る夏の虫。うりゃ……っ」

下段から払った一撃を浴び、宇佐見は横飛びに飛んだ。

地べたに転がりながら、二撃目の突きを弾きかえす。

「おい、待て」

三左衛門は飛翔《ひしょう》し、ずさっと地に降りた。

双葉文庫 7月の新刊

期待の新鋭が放つ青春時代小説、2カ月連続刊行のシリーズ第2弾！

拙者、妹がおりまして ②

書き下ろし　長編時代小説

馳月基矢

■定価682円(税込)
ISBN 978-4-575-67062-2

おなごばかりを狙う女盗人が現れた。何とかつかまえようと躍起になっている岡っ引きの山蔵親分から、捕物の際の囮役になるよう依頼された千紘は、兄の勇実と隣家の龍治の反対を押し切り、囮役を引き受けるのだが——。

夜に出会うと命取り!?
世にも危険な女盗人退治!!

シリーズ第1弾！　双葉文庫　6月新刊

『拙者、妹がおりまして①』

■定価660円(税込)
ISBN 978-4-575-67058-5

鮫川が八相に構えたまま、首だけを捻る。

「ん、おぬしはあのときの」

「さよう。赤城屋の用心棒だ」

「黙れ。おぬしは何者だ」

「言ったろう。ただの食いつめ者さ」

鮫川は口端を吊りあげ、にやりと笑う。

「ふん、笑止な。食いつめ者が無報酬《むほうしゅう》で赤の他人を助けるか。どっちにしろ、おぬしは終わりだ。念仏でも唱えておれ」

追っ手どもが三、四人、裏口から飛びだしてきた。

小船も繫がれていない桟橋に、宇佐見は立ちつくしている。

「莫迦たれ、早く逃げろ」

叫んだそばから、鮫川が斬りつけてきた。

「とあっ」

八相からの袈裟懸《けさが》けを躱しきれず、ずばっと肩口を斬られた。

「ぬぐっ」

それでも、反撃のひと太刀を浴びせ、三左衛門は相手の鬢《びん》を殺《そ》ぐ。

「くえっ」

鮫川は顔を振り、勢い余って尻餅《しりもち》をついた。

いれかわりに、ほかの連中が斬りつけてくる。

三左衛門は身を沈め、左右の臑を刈った。

「ぬぎゃっ」

ふたりが倒れ、三人目は恐怖に震えていた。

三左衛門は身を寄せ、柄頭《つかがしら》で顎を叩き割る。

「死ね」

血だらけの鮫川が、大上段から斬りつけてきた。

「ふえっ」

躱した瞬間、右足がずりっと滑る。

低い土手を転がり、汀《みぎわ》から跳ねるように川へ落ちた。

ばしゃっと、大きな水飛沫《みずしぶき》があがった。

肩に疼《うず》きをおぼえつつも、三左衛門は必死に泳ぎはじめた。

七

濡れたからだで街道を戻り、分かれ道までやってきた。

左手に折れれば王子だが、真っ暗で行き先は見えない。

左肩に負った傷は浅く、きつく縛って止血をしておいた。

あれだけの人数を相手にして、よくぞ逃げのびたとおもう。

ただ、川を抜き手で泳ぎきり、疲労困憊《ひろうこんぱい》の体《てい》となった。

「もう、動けぬ」

ごろりと大の字になり、暗澹《あんたん》とした天を仰ぐ。

頭のさきで、細い木の幹が揺れた。

百日紅だ。

古びた祠《ほこら》もある。

「庚申塚か」

宇佐見の神妙な横顔が、脳裏に浮かんだ。

その顔が正面を向き、鼻先へ迫ってくる。

「おい、無事か」

「え」

三左衛門は、目を擦った。

「本物なのか」

「幽霊ではないぞ。ほれ」

宇佐見は手を伸ばし、三左衛門の頰を抓《つね》る。

「痛っ」

「な、夢ではなかろう」

どうやら、そうらしい。

「よく逃げおおせたな。おぬしは強運の持ち主だ」

「あんたに言われたかない」

「肩口を斬られたな。傷の塩梅《あんばい》はどうだ」

「痛すぎて痺《しび》れておるわ。ま、左肩でよかったがな。そっちはどうだ。鮫川源十郎に斬られたように見えたが」

「躱したさ」

宇佐見は不敵に笑い、断たれた袖を見せる。

「むかしから、躱すのは得意でな」

道場に通っているのだが、たいした力量ではないらしい。

宇佐見は腕を伸ばし、肩を貸してくれた。

「どうだ。立てるか」

「ああ。それより、水をくれぬか」

「そうくるとおもった」

腰の竹筒を手渡される。

のどを鳴らして、水を呑んだ。

「美味いな」

「祠の裏に清水が湧《わ》きでておった」

「どうりで」

命の水だ。

感謝しながら、また呑んだ。

「このまま、中山道を戻るのは危《あや》ういな」

「ふむ。右手の道をたどって、波切不動堂《なみきりふどうどう》から護国寺《ごこくじ》をめざそう」

「よし」

宇佐見に肩を借り、三左衛門はゆっくり歩きだす。

次第に慣れてくると、足取りも軽やかになった。

逆《さか》しまに、宇佐見の歩きは鈍重になっていく。

「牛尾に一杯食わされた。されど、わしは友に裏切られた気がしない」

「どうして」

「牛尾も悩んだすえにやったことだ。やつにも国許に残してきた妻子がある。やりたくてやったのではない。上役の筆頭目付にやらされたのだ」

「なぜわかる。出世をのぞみ、みずから買ってでたことかもしれぬぞ。どっちにしろ、牛尾兵庫があんたを裏切ったのは確かだ。しかも、友の潔白を知っていながら、妻女を餌《えさ》にして誘《おび》きだそうとした。わしは許せぬ。姑息《こそく》な手を使い、友を裏切ってまで生きのびようとする浅ましさが、とうてい我慢ならぬ」

「頼むから、牛尾を責めないでくれ。おぬしには申し訳ないことをしたと、心の底からおもうておる。こんなことに巻きこんでしまい、すまなかった。このとおりだ、許してくれい」

今さら詫《わ》びても遅い。

頭をさげられたとて、牛尾兵庫の裏切りを許す気はなかった。

こっちも命を捨てかけたのだ。冗談じゃない。

唾を吐きたい気分だ。

宇佐見の能天気ぶりに、堪忍袋《かんにんぶくろ》の緒《お》が切れかけていた。

八

夜の海原は凪《なぎ》わたっている。

逃亡から六日目の夜、ふたりのすがたは品川沖《しながわおき》にあった。

夕顔の咲く明石町南桟橋へ出向いたあと、あらかじめ調達していた小船で数艘の荷船を追ってきた。

肩の傷に潮風が滲《し》みても、弱音を吐いてなどいられない。

真相の究明が遅くなれば、それだけ宇佐見が救われる道は狭まっていく。

品川宿に近い漁師町に荷揚げされた材木は、待っていた大八車に積みかえられ、陸路を運ばれていった。

潮風を回避できる保管場所でもあるのか。

暗い細道に大八車が何台も連なる光景は、一種異様だった。

縦に伸びた荷駄の群れは人気のない田圃道《たんぼみち》を突っきり、目黒川《めぐろがわ》に接する大崎村《おおさきむら》へたどりついた。

村外れの一角に、柿葺《こけらぶ》きの百姓家がぽつんと建っている。

暗すぎて外観は把握《はあく》できないが、廃屋にしてもよさそうな家だ。

事実、廃屋なのだろう。

ふたりは雑草のからんだ垣根の陰に潜み、内の様子を窺った。

「さあて、抜け荷のなかに献上桐がふくまれているのかどうか」

「あるさ。ほら、あれをみろ」

宇佐見の指差したさきに、太った男がすがたを見せた。

「赤城屋久兵衛か」

「ふん」

宇佐見は鼻を鳴らす。

「御本尊みずからお出ましになり、だいじな荷をお迎えになるというわけだ」

荷を運んできた側の侍が、かぶっていた覆面を外した。

「あ」

すんでのところで、宇佐見は声をあげそうになる。

「志村金吾だ」

「あんたに切腹を申しつけた上役かい」

「驚いた。志村どのも関わっておったとは」

自分の犯した罪を配下に擦《なす》りつけるとは、とうてい許しがたい男だ。

鼻息も荒く身を乗りだす三左衛門の腕を、宇佐見が両手で摑む。

「早まるな。おぬし、どうする気だ」

「連中を捕まえ、責め苦を与えてやる」

「温厚なおぬしの台詞ともおもえぬ。板橋で鮫川に斬られてから、気が短くなったのではないか」

「余計なお世話だ」

みずから制御し難《がた》い心境の変化が、乱暴な口調にあらわれているのかもしれない。

「浅間どの、待ってくれ。やつらは献上桐をここに隠し、品薄にしたうえで売りさばこうとしておるのだ」

買い占めと売り惜しみ、米相場を操る手管《てくだ》と同様に、材木相場を操る意図さえも垣間《かいま》見《み》える。それならばなおさら、牢問《ろうど》いに掛けてでも洗いざらい吐かせるべきだ。

宇佐見は言う。

「たとい、悪事の全貌《ぜんぼう》が明らかになったところで、甘い汁を吸う連中の目論見《もくろみ》を阻《はば》むことは難しい。なればいっそ」

「どうする」

「百姓家を灰燼《かいじん》に帰させる」

「え」

さいわい、まわりは田圃に囲まれている。類焼の恐れはない。

「百姓家を燃やせば、連中の苦労も水の泡だ」

「灰にすれば、証拠も消えるぞ」

「詮方《せんかた》あるまい。証拠を調べる筆頭目付が黒幕では、手も足も出ぬわ」

「ならば、どうやって筆頭目付を裁くと」

「天誅《てんちゅう》を下す。それしか、あるまい」

宇佐見はみずから刺客《しかく》となり、筆頭目付の命を絶つという。

まさに、四面楚歌《しめんそか》とはこのことだ。

筆頭目付より上席の中老や江戸家老に訴えようにも、罪人と目されている宇佐見の訴えに耳を貸す者はおるまい。ましてや、国許で飢えている百姓のように、殿様への駕籠訴《かごそ》を試みようとしても、供侍に斬り捨てられるのがおちだ。敵方の悪事を公事《くじ》に訴える方法は皆無におもわれた。

「わしはすでに死んだも同然の身。悪党どもを引きつれて、地獄へ堕《お》ちてやるさ」

宇佐見は悽愴《せいそう》たる顔で、不敵にも笑った。

三左衛門に代案はない。

肩の傷口が異様に疼いた。

その夜、大崎村の村外れで朽ちかけた百姓家が一軒灰燼に帰した。

もちろん、翌日の瓦版《かわらばん》に載ることもなければ、江戸雀たちの口の端にものぼらなかった。

九

七日目、牛尾兵庫の伝えた期限になった。

献上桐の横流しという疑惑の真相を究明できれば、宇佐見への疑いも晴れる。

一縷《いちる》の望みを掛けた弁明が許される日なのだ。

ならばもういちど、牛尾を訪ねるしかあるまい。

ただし、今度ばかりは正門から堂々と訪ねる勇気はなかった。

鮫川の率いる目付衆に捕まる危うさは否めない。

片影《かたかげ》のある早朝より、三左衛門は一ツ橋御門外の藩邸を見張った。

宇佐見によれば、藩士は三日に一度、武芸鍛錬《たんれん》と称する休日を与えられる。

この日は朝から町道場へ稽古に向かう藩士が多く、牛尾も佐久間町の中屋敷に近い剣術道場へ通っていた。

半刻余りも待ったであろうか。

「ん、来た」

期待どおり、牛尾は門外にあらわれた。

ひとりであることを確かめ、あとをつける。

道筋はわかっていた。

神田川に沿って、まっすぐ佐久間町へ向かえばいい。

八《や》ツ小路《こうじ》から柳橋にかけては、古着を売る葦簀張《よしずば》りの見世が連なっている。

見物人の悲鳴がしたので目を向けると、鰻の大道裂《だいどうさ》きが台のうえで鰻を背開きに裂いていた。

人通りも多いので、見つかることはほとんどない。

三左衛門はさきまわりをし、柳の木陰で牛尾を待った。

何も知らずにやってきた面前へ、ふわりと顔を出す。

「おはようございます」

「う、おぬしか」

牛尾はわずかに狼狽《うろた》え、ひらきなおった。

「板橋から、よう生きて帰ってこられたな」

「おかげさまで」

「わしを斬りにきたのか」

「斬るつもりなら、夜を狙う」

「だったら、何の用だ」

「まずは、おめでとうと言おう」

「何だと」

「大崎村で百姓家が燃えた。そのことさ」

「やはり、おぬしらの仕業か。赤城屋はがっかりしておったぞ」

牛尾自身は、さほど口惜しそうでもない。

「献上桐がどうなろうと、知ったことではない。わしは赤城屋や志村金吾とちがう。別に、金が欲しいわけでもないからな」

「ほう。ならばなぜ、友を裏切った」

「横目付は罪を犯した藩士を捕まえるのが役目だ。役目のためなら、わしは手段を選ばぬ」

「きれいごとを抜かすな。上に命じられてやったのであろうが。みずからの保身と出世のために卑劣《ひれつ》な手段を講じ、友を罠に嵌めた。おぬしが何と言おうと、それは言い訳にしか聞こえぬ」

牛尾は黙り、情けない顔になる。

「おぬしの言うとおりかもしれん。されど、わしは後悔しない。たとえ、友であろうとも、藩の秩序を乱す者は放っておけぬ」

牛尾の真剣な眼差しが、なぜか眩《まぶ》しかった。

この男にしても、何も好きこのんで友を裏切ったわけではなかろう。

――わしは友に裏切られた気がしない。

宇佐見の吐いた台詞も、納得できなくはなかった。

ならばもう一度、牛尾に望みを託してもよいのではないか。

三左衛門が誘いかけると、こちらの心を読んだかのように、牛尾がさきに口をひらいた。

「宇佐見の一件は、厳密には最終の断が下されたわけではない。七日間はご家老お預けとなっておる。本夕申《さる》七つ（午後四時）、お上屋敷のお白洲にて評定《ひょうじょう》がおこなわれる」

白洲の場が宇佐見の弁明できる最後の機会であった。

「これを逃せば罪状は定まる。切腹だ」

「敵だらけの白洲に、のこのこ顔を出す莫迦がいるか」

「ふふ、筆頭目付どのも同じことを仰せになった。宇佐見伝之進は来ない。来ないほうが、筆頭目付どのにとっては都合がよい。されど、ご家老の浜田調所さまは公明正大なお方、人をみる目もお持ちだ。宇佐見が白洲に座ることさえできれば、一縷の望みはある」

「門を潜ることすらできぬわ」

「わしが手引きをしよう」

「何だと」

三左衛門はむきになる。

「一度裏切ったおぬしを信用せよと」

「信じる信じないは、宇佐見の判断次第さ」

「ふうむ。されば、ひとつ問いたい。白洲で申しひらきをおこなったところで、真相を明らかにできる証拠がなければ、ご家老は聞く耳を持つまい」

「そのとおりだ」

牛尾は頷いた。

「これを渡しておこう」

懐中に手を差しいれ、二冊の帳面を取りだす。

あらかじめ、覚悟を決めていたかのようだった。

三左衛門は受けとった帳面を二冊重ね、分厚いほうをぱらぱらと捲《めく》る。

「厚いほうは赤城屋の裏帳簿、薄いほうは牢死した番頭喜助の口書《くちが》きだ」

「何だと」

牛尾の言ったとおり、裏帳簿には横流しされた献上桐の数量や日付が事細かに記されてあった。

「三年分だ。喜助の口書きは赤城屋久兵衛の罪状を裏付けるものでな、作事方で繋がっていた役人の名も明記されておる」

「ん」

「みつけたか」

「ふむ。口書きに記された名は志村金吾だな」

「やはり、宇佐見ではなかったということさ」

三左衛門は、ぐっと眉根を寄せる。

「おぬし、喜助から口書きを取っておったのか」

「ああ」

「なぜ、それを訴えぬ」

「喜助の口書きで明らかにできるのは、赤城屋と志村金吾の罪状までだ。宇佐見を塡め、喜助を牢死させた本物の悪党にはたどりつけぬ」

黒幕とは筆頭目付のことだ。鬼頭内膳の尻尾を摑むべく、牛尾は心を鬼にしていたのだろうか。

「いいや。わしは、自らの保身のために友を裏切った。その裏帳簿と口書きは、昨日まで燃やす気でおったのさ。おぬしらが板橋で死んでおれば、わしは何もせんかったろう。されど、おぬしらは逃げのびた。天網恢々疎《てんもうかいかいそ》にして漏らさずとは、よくゆうたものよ。天はおぬしらを見放さなんだ」

「気が変わったのか」

「まあな。赤城屋を責めれば、何とかなるかもしれぬ。宇佐見は生きるべきだ。

白洲で堂々と申しひらきをし、生きのびねばならぬ」

いちどは友を裏切った男の顔に、悲愴《ひそう》な決意が宿っている。

「頼んだぞ。おぬしほどのお節介焼《せっかいや》きもおらぬからな。最後まで、あいつの面倒をみてやってくれ」

牛尾は襟《えり》を正し、深々とお辞儀をする。

三左衛門は、信じてみる気になっていた。

十

夕刻、申七つ。

安中藩邸の白洲は、蟬時雨《せみしぐれ》に包まれている。

三左衛門は折助に化け、牛尾の手引きで藩邸内へまんまと潜入し、白練塀《しろねりべい》の剝がれを隠す植えこみの蔭に控えていた。

白洲は幅五間ほどの砂利敷きで、正面座敷には藩の重臣たちが雁首《がんくび》を並べている。

その中心に座るのが、江戸家老の浜田調所であった。

頭は雪をかぶったように白く、眠たそうな眸子をしている。

一見すると皺顔《しわがお》の老爺《ろうや》にしかみえないが、そうとうな切れ者らしい。

重臣たちのほかにも、与力や書役が何人も同席し、末席には宇佐見に切腹を申しわたした志村金吾の蒼白な顔もある。進行役は雛壇《ひなだん》に向かって右手に座る筆頭目付、鬼頭内膳であった。

「これより、作事方宇佐見伝之進の詮議をおこないまする。ただし、本人不在ゆえ、罪状をここに申しあげ、御歴々にご処断いただきたく存じまする」

目顔で同意を求めると、重臣たちは仏頂面で頷いた。

鬼頭は軽く咳払《せきばら》いをし、立て板に水が流れるように喋りはじめる。

「そもそも、本件は当上屋敷に投げこまれたご家老宛ての訴状に端を発しております。訴状は匿名《とくめい》なれども、ご存じのとおり、献上桐の横流しという許すべからざる悪行が連綿《れんめん》と綴られておりました。ゆえに、首謀者たる赤城屋の番頭喜助を引っ捕らえ、厳しく詮議したところ、当藩作事方の宇佐見伝之進の姓名を吐いたのでござります。宇佐見は今から七日前、上役の志村金吾により詮議を受け、罪状を明白にしたうえで内々に切腹の沙汰を申しわたしたところ、突如として物狂いの様相を呈し、その場から遁走《とんそう》をはかりました。まこと、武士にあるまじきけしからぬ所業にござりまする。そののち、板橋宿にて捕縛《ほばく》せんといたしましたもの取り逃がし、事ここにいたった次第。本日ただいま、本人の申しひらきなき折は、慣例にしたがい、お沙汰を賜《たまわ》りたく存じまする」

鬼頭は家老の浜田に向きなおり、深々と頭をさげる。

「ふむ、されば」

浜田が口をひらきかけたところへ、白洲の隅から大音声《だいおんじょう》が響いた。

「あいや、待たれい」

牛尾兵庫である。

評定に参じた面々は、口をぽかんと開けた。

鬼頭が眦《まなじり》を吊りあげ、面倒臭そうに叫ぶ。

「横目付の牛尾兵庫か。いかがいたした」

「は。ただ今、宇佐見伝之進がおおやけの場で申しひらきをいたしたいと、参上いたしました」

「何じゃと」

「これまで潜伏しておったのは、本日ただ今の機会を待ちのぞんでのこと。こたびの献上桐横流しの一件につき、真相をつまびらかにしたいと主張しておりまするが、白洲に連れだしてもよろしゅうござりますか」

「無論じゃ」

間髪《かんはつ》を容《い》れず、浜田が発した。

「そのための評定じゃからな」

誰ひとり異を唱えない。拒む理由はないのだ。

おもいがけない展開に、鬼頭は顔を曇らせた。

「牛尾とやら、早《はよ》う呼んでまいれ」

白髪の浜田が扇子をひらき、疳高《かんだか》い声をあげる。

牛尾は壁の向こうへ引っこみ、入れ替わるように、裃姿の宇佐見伝之進が颯爽《さっそう》とあらわれた。

月代も髭もきれいに剃り、じつに凜々しい面構えである。

衣擦《きぬず》れをさせて白洲のまんなかへすすみ、両袖を払って正座した。

重々しく、名乗りをあげる。

「宇佐見伝之進にござります」

「ええい、黙れ。どの面さげてまかりこしたのじゃ」

鬼頭が吠えた。真っ赤な顔で怒鳴りつける。

「おぬしは志村金吾による詮議の途上、控部屋から飛びだし、上屋敷から逃げさり、七日に亘《わた》って行方知れずとなった。武辺不覚悟も甚《はなは》だしい。今ごろになってあらわれ、何を喋るつもりじゃ」

「はい。牢死した赤城屋の番頭、喜助の潔白を証明いたしまする」

「何じゃと」

片膝立ちになる鬼頭を制し、家老の浜田が口をひらいた。

「控えよ。ここは申しひらきの場じゃ」

「は」

「宇佐見とやら、存念を申してみよ」

「はい。ありがたきしあわせに存じまする。では、ご家老さま。まずは、こちらをご覧くだされ」

宇佐見が懐中から取りだした二冊の帳面を、背後に控えた牛尾が受けとり、正面座敷の与力へ手渡す。

与力は前屈みで擦りより、浜田に帳面を手渡した。

「お手許の一冊は、赤城屋久兵衛の記した裏帳簿にござりまする。さらにもう一冊は、番頭喜助の口書きにござりまする。ご覧いただければ一目瞭然《いちもくりょうぜん》、不正に横流しされたる献上桐の数量ならびに取引の日付が、三年前から順を追って記されてござりまする」

浜田は裏帳簿を丹念に捲り、さらに、口書きを読みはじめた。

そして、一カ所に目を留める。

「こ、これは」

そう言ったきり口を噤《つぐ》み、口書きを隣の重臣に手渡す。

主立った連中が目を通すと、みなの眼差しは志村金吾に注がれた。

「志村金吾よ」

「はは」

浜田に呼ばれ、志村は天の声でも聞いたようにかしこまる。

「この口書きを信じれば、おぬしこそが赤城屋久兵衛と結託して悪事をはたらいた張本人ではないか。おぬしの座るべきところは、あの玉砂利のうえということになる。不正をはたらいたのか否か。さあ、真実を申せ」

「へへえ」

「へへえではわからぬ」

額《ぬか》ずく志村に愛想を尽かし、浜田は鬼頭を睨んだ。

「鬼頭内膳。喜助なる番頭を調べたのは、おぬし自身であったな。おぬしに聞いた内容と宇佐見のはなしは食いちがっておる。どういうことじゃ、これは」

「は。その口書きと裏帳簿、偽物ではないかと存じまする」

「なぜ、そうおもう」

「不覚悟者のやりそうなことでござる」

捏造《ねつぞう》された証拠だと、鬼頭はよどみなく言いきった。

宇佐見は反論しない。

やるべきことはやった。

あとは天に任せるしかない。

「お願い申しあげます」

ふたたび、背後で大音声が響いた。

牛尾兵庫だ。

「拙者、横目付として、喜助の詮議に関わりましてござりまする。どうか、申しひらきの機会をお与えください」

浜田は重臣たちと顔を見合わせ、じっくり頷いてみせる。

「よかろう。申せ」

「は」

牛尾はその場に正座し、よく通る声で発した。

「喜助の口から出た名は、志村金吾どのでござりました。献上桐の横流しを考えついたのは、赤城屋久兵衛にござります。みずからの罪を隠蔽すべく、久兵衛は子飼いの喜助を罪人に仕立てあげました。それがなぜできたのかと申せば、そこにおわす筆頭目付の鬼頭内膳さまと裏で繋がっていたからにござりまする」

「何じゃと」

浜田が制しても、一座のどよめきは鎮まらない。

白洲に座した宇佐見は、目を真っ赤にしている。

牛尾のみせた勇気に心を濡らしているのだ。

三左衛門は、ことばを失っていた。

目のまえで繰りひろげられている光景が、現実のものとはおもえない。

「牛尾兵庫め」

鬼頭が高みで声を荒らげた。

「軽輩《けいはい》の分際で何を抜かす。物狂いしおったか。おぬし、何ゆえ、わしを貶《おとし》めるのじゃ。わしに恨みでもあるのか」

「いいえ。私怨《しえん》は何ひとつござりませぬ。あるのはただ、一時でも悪事に加担したおのれの弱さを恥じる心のみ。そして、宇佐見伝之進の潔白を知っておりながら見過ごしたことの悔恨《かいこん》があるのみにござりまする」

「ええい、黙れ。番士、そのものを引っ捕らえろ。外へ連れだせ」

鬼頭は眸子を瞠り、口角から泡を飛ばす。

宇佐見は首を捻り、顎を震わせていた。

牛尾は微笑んで頷き、正面座敷に叫びかける。

「しばし、お待ちを。ご家老さま」

「何じゃ」

「拙者の申しあげたことは、真実にござります。天地神明に誓って。いいえ、この命にかえても、偽りは申しません」

「命にかえてもなどということばを、軽々しく口にするものではない」

「されば、お見せいたしましょう」

牛尾は背後に手をまわし、隠していた小《ちい》さ刀《がたな》を抜いた。

きらりと、白刃が光る。

「拙者のいたしたことは、万死に値いたしまする」

「な、何をいたす。血迷うたか」

浜田につづいて、宇佐見も叫んだ。

「待て。牛尾、早まるな」

「さらば、友よ」

牛尾はにやりと笑い、左手で襟をずりおろす。

「ぬおっ」

白い腹に切っ先を突きたて、横一文字に掻っさばいた。

「お許しを……お、お許しを」

さらに、牛尾は小さ刀を引きぬき、下腹に突きたてて上へ引きあげる。

十字に腹を裂いたところで、くわっと血のかたまりを吐いた。

そして、祈るようなすがたで逝《い》ったのである。

白洲に広がる赤い血が、臨席する者の目に染みこんだ。

「牛尾、牛尾……」

宇佐見だけが涙を流しながら、必死に友の名を叫んでいる。

三左衛門はひどく動揺し、膝の震えを止めることができない。

これほど壮絶な人の死を、目の当たりにしたことはなかった。

「あっぱれ、牛尾兵庫」

おそらく、誰もがそうおもったことだろう。
鬼頭内膳は、魂《たましい》を奪われたように項垂《うなだ》れている。
三左衛門は我に返り、静かにその場を離れていった。

十一

かたむきかけた夕陽が、西の空を血の色に染めていた。
屋敷の内と外では、まったく別の風景が広がっている。
三左衛門は、夏草が風に揺れる野面《のづら》の一角へやってきた。
御濠《おほり》に面した広大な空き地は、護寺院《ごじいん》ヶ原《はら》と呼ばれる火除地《ひよけち》だ。
雑草に覆《おお》われた人気《ひとけ》のない一隅には、苔生《こけむ》した焙烙地蔵《ほうろくじぞう》を安置する祠があった。
三左衛門は祠の裏に隠した大小を取り、焦げ茶の着物に着替えて髷も直した。
すっかり浪人のすがたに戻り、とぼとぼ歩きはじめる。
行く手には、名月草《めいげつそう》とも呼ぶ虎杖《いたどり》の叢《くさむら》が繁っていた。
突如、殺気が膨らみ、叢蔭《むらかげ》からむっくり人影が起きあがった。
「鮫川源十郎か」

なぜか、対峙する予感はあった。

「おぬし、牛尾兵庫と結び、猿芝居《さるしばい》を仕組んだな。おかげで、わしは禄を失った」

「わしに気づいておったのか」

「ああ。白洲から逃れるおぬしを見掛けてな、あとをつけたのさ」

「わしなんぞに関わっている暇はあるまい。おのれの首を心配しろ」

「くふふ」

鮫川は不気味に笑う。

「わしは上州の生まれではない。この腕一本と才覚で、さまざまな藩の重臣に買われてきた。安中藩なんぞに未練はない。門を出たら、わしは一介の剣客なのさ。ただ、このまま去ったのでは悔いが残る。おぬしの命を旅のはなむけにしよう」

ずらりと刀を抜きはなち、鮫川は八相に構えた。

「強い相手を見ると、放っておけなくなる。それが武芸者本然《ほんぜん》の血というやつよ。おぬしも剣客の端くれならば、わからぬではなかろう」

たしかに、よくわかる。

強い相手と刀を交え、勝利したい気持ちはある。
ただし、命の取りあいは避けたかった。
板の間で勝負を決すればそれでいい。
生きのこっても後味が悪い。
「中途半端な心持ちでは、わしに勝てぬぞ」
鮫川は、こちらの心を読んでいる。
三左衛門は腰を落とし、小太刀を抜いた。
日没は近い。
沈みゆく大きな夕陽を、鮫川は背負っている。
翳された刀身が夕陽を浴び、血に濡れたように見えた。
鮫川の髪は、仁王《におう》のごとく逆立っている。
人は途轍《とてつ》もない怒りに包まれたとき、体内から稲光《いなびかり》を発するという。
それが気のかたまりとなって放散するとき、尋常ならざる力が発揮されるのだ。
「まずいな」
三左衛門は、死を予感した。

夕陽を背負わせてはまずい。

何とか、体《たい》を入れかえねば。

そのおもいから先手を取り、前屈みで駆けよせる。

「へやっ」

飛蝗《ばった》のように跳び、のどを突くとみせかけて、脇胴《わきどう》を抜いた。

「浅い」

返しの一撃が背中を襲う。

反転しながら避け、三左衛門は地に転がった。

跳ね起きて身構えたが、鮫川は追ってこない。

だらりと両腕をさげ、こちらを見下ろしている。

夕陽ではなく、こんどは焙烙地蔵を背にしていた。

「ふふ、体を入れかえたつもりか」

手の内を見透かされている。

鮫川の輪郭《りんかく》は薄闇に溶け、遠近の感覚すらも曖昧《あいまい》になっていく。

「くそっ」

三左衛門は首を振った。

まやかしの術にでも掛けられているようだ。

「くふふ」

地の底から、笑い声が聞こえてきた。

「おぬしは死ぬ。護寺院ヶ原に人知れず屍骸《むくろ》を曝《さら》し、猛禽《もうきん》どもの餌になるのだ。けい……っ」

突きがきた。

鋭い。

どうにか躱すや、袈裟懸けに見舞われる。

「ぬわっ」

仰《の》け反《ぞ》って避ければ、斬られていただろう。

三左衛門は吸いつくように身を寄せ、相手の白刃に棟区《むねまち》を叩きつけた。

——がり、がりがり。

刃と刃が嚙みあい、文字どおり、鎬《しのぎ》を削りあう。

凄まじい膂力《りょりょく》で押され、草履《ぞうり》の緒が切れた。

「ぬう」

それでも、三左衛門は歯を食いしばる。

刃は目のさきに迫り、額に触れた。
このまま、圧《へ》し斬《ぎ》りに斬られるのか。
「ぬふふ」
鮫川は涼しい顔をしている。
余力があるのだ。
つぎの瞬間、どんと腹を蹴られた。
「ぐふっ」
一間余りも吹っ飛び、地べたに尻餅をつく。
「歯ごたえのないやつだ。わしを本気にさせてみせろ」
もはや、夕陽はない。
闇が急速に濃くなっていった。
不思議と、相手のすがたはくっきり見える。
勝利を確信した者の慢心も垣間見える。
三左衛門は、額に流れる血に気づいた。
やはり、傷を負わされていたのだ。
剣の力量は、鮫川に一日《いちじつ》の長がある。

死に身で掛からねば、仕留められてしまうだろう。
忘れていた。心のどこかで、相手を舐めてかかっていた。
できれば生かしてやりたいなどと、甘い考えを抱いていたのだ。
そんな心持ちで、勝ちを拾えるはずもない。
相打ち覚悟で斬りむすぶ気構えがなければ、活路すら見いだせぬ。
三左衛門は瞑目《めいもく》した。
誰のためでもない。
おのれのために闘うのだ。
おのれが生きのびるために、相手を斬る。
単純なことを忘れていた。
「ぬわあああ」
刮目《かつもく》し、猛獣のように咆吼《ほうこう》する。
小太刀を左手に持ちかえ、背後に隠した。
はっとばかりに地を蹴りあげる。
「莫迦め」
鮫川は地摺《じず》りの青眼から、一気に刀を持ちあげた。

大上段に構え、ぴくりとも動かない。

「一刀両断にしてくりょう」

撃尺《げきしやく》の間境《まざかい》を越えた瞬間、刃音が唸った。

三左衛門は怯まない。

右の拳を突きだし、相手の懐中へ頭から突っこむ。

――斬《ざん》。

風が止まった。

真っ向から斬りおとされた白刃は、激しく地面を叩いている。

「なに」

鮫川にすれば、信じられなかったにちがいない。

頭蓋《ずがい》を狙った一撃は弾かれ、わずかに右へ逸《そ》れていた。

三左衛門の右手には、小柄《こづか》が握られていたのだ。三寸にも満たぬ小柄に弾かれたことで、白刃の軌道は変わった。

「すりゃ……っ」

つぎの瞬間、葵下坂がせぐりあげるように闇を裂いた。

鮫川の喉笛《のどぶえ》がぱっくりひらき、鮮血が噴きだしてくる。

「夢か」

ひとこと発し、鮫川はこときれた。

屍骸は海老反《えびぞ》りになり、地に落ちていく。

辺りはしんと静まり、夏草が風に揺れる音だけが聞こえてくる。

三左衛門はしばらくのあいだ、息をするのも忘れていた。

斬られたわけでもないのに、生死の狭間を彷徨《さまよ》っていたのかもしれない。

ようやく動きだしたのは、亥中《いなか》の月が夜空に昇ったころだった。

激闘から、すでに、二刻《ふたとき》（四時間）余りが経っていた。

十二

大川を挟んだ回向院の垢離場《こりば》から「懺悔《ざんげ》懺悔、六根罪障《ろっこんざいしょう》」の大合唱が聞こえてくる。

大山詣《おおやまもう》でに向かう勇《いさ》み肌《はだ》の参拝者たちが大川で身を清めながら、威勢良く「懺悔懺悔」と唱えているのだ。

壮絶な死を遂《と》げた牛尾兵庫の菩提《ぼだい》は、江戸随一の閻魔像で知られる蔵前天王町《くらまえてんのうちょう》の華徳院《かとくいん》に葬《ほうむ》られた。

供養《くよう》に訪れる者とて少ないなか、三左衛門は宇佐見とともに墓参りに訪れた。

悪事に関わった者たちはみな、すみやかに一掃された。

筆頭目付の鬼頭内膳ならびに志村金吾は切腹、赤城屋久兵衛は斬首となった。

牛尾兵庫も悪事に与《くみ》した罪を問われ、国許の実家は断絶の憂《う》き目《め》をこうむった。

一方、宇佐見の罪は不問に付された。

清廉である点が高く評価され、江戸家老直々に作事方の組頭にならぬかと打診されたのだが、宇佐見はこれを峻拒《しゅんきょ》した。

「お沙汰の場から逃げた罪は消えませぬ。拙者のごとき不覚悟者は藩に留まる資格はない」

大見得《おおみえ》を切り、その場で禄を返上したのだ。

なるほど、宇佐見の心情は痛いほどわかる。

友を死なせておきながら、自分だけがのうのうと禄を食《は》んではいられない。

きっと、そう考えたにちがいない。

宇佐見は国許の実家で部屋住みの身である弟に家督《かとく》を譲り、みずからは浪々の身となった。

「わしもついに藩を捨てた。捨ててみると、じつに爽快《そうかい》なものよ」

「そうでしょうとも。捨てた者でなければ、その気分は味わえぬ」

「されど、妻子のことをおもうと気が重い。意地を張って浪人になったはよいが、これからどうやって食ったらよいか。良い思案が浮かばぬ」

「妻子に逢わぬのですか」

「どの面さげて逢えばよい。のう、牛尾よ。何か良い知恵はないか」

宇佐見は用意してきた赤紫の禊萩《みそはぎ》を、先祖とともに眠る牛尾兵庫の墓石に手向けた。

頭《こうべ》を垂れ、じっと祈りを捧げる。

と、そこへ。

何やら騒々しい連中がやってきた。

女と子どもたちだ。

率いているのは、おまつであった。

「おまえさん」

手を大きく振りながら、小走りに駆けてくる。

「おまえさん、ほら、お連れしたよ」

宇佐見も振りむいた途端、呆気にとられた。

「か、かよ」

妻女なのだ。

子どもたちもいる。

十二歳を頭に十人の子どもたちが、嬉しそうに駆けてくる。

「旦那さま」

おかよは叫び、恥も外聞も顧《かえり》みず、夫の胸に飛びこんだ。

子どもたちもつづき、宇佐見は波に呑まれたかのように尻餅をついてしまう。

「旦那さま、お久しゅうございます。つい今し方、江戸へたどりつきました」

その足で実家へ向かい、旅装を解いてきたらしい。

おかよは子どもたちを一列に並ばせ、牛尾兵庫の眠る墓にお参りさせた。

おまつもお参りを済ませると、宇佐見が待ちかまえたように口をひらいた。

「かよ、二年ぶりじゃな。息災にしておったか」

「はい」

「さようか。ふむ。子どもたちをよう無事に育ててくれた……す、すまぬ」

それ以上はことばにならず、宇佐見は口をへの字に曲げる。

「わしが、わしが不甲斐《ふがい》ないばっかりに……こ、こたびは」

と言いかけた宇佐見の口を、おかよは手のひらでふさいだ。

「旦那さま、暮らし向きの心配は一切いりませぬ。実家にはなしをつけ、同居させていただくことにいたしました」

「え」

「勝手なことをしでかすなと、お怒りなされますな。されど、旦那さまがお禄を返上され、国許のご実家をお捨てになった以上、こうするよりほかに道はございません」

「ふむ。おぬしの言い分はもっともじゃ。なれど、わしまで世話になっては、ご両親にご迷惑が掛かろう」

「いいえ、大丈夫でございます。老いた父は、それほど甘い人物ではございませぬ。わたしたちを迎えるにあたり、ひとつ条件をつけました」

「条件、何だそれは」

首を捻る夫をまっすぐ見つめ、おかよは胸を張った。

「わたくしは二人姉弟の長女にござります。父は申しました。いずれは弟に暖簾《のれん》分けをし、旦那さまに店を継がせる心積もりゆえ、商いを一からおぼえてほしい。ついては、武士の身分をお捨て願いたいと、きっぱり申しました」

気概《きがい》のある人物だなと、三左衛門は感嘆する。

宇佐見はとみれば、狼狽《ろうばい》の色を隠せない。

おかよは、あくまでも堂々としている。

「父も覚悟あってのこと。この条件を呑まねば、わたしたち家族は明日から路頭に迷います。可愛い子どもたちには、物乞《ものご》いをさせねばなりません。旦那さま。どうか、ご決断を」

「この場でか」

「はい。牛尾兵庫さまの墓前でお誓いいただきたいのです」

一同は固唾を呑み、宇佐見を見守った。

「ふふ、皮肉なものだな。武辺者を気取っていたわしが、妻に武士を捨てる覚悟を迫られようとはな。よし、わかった。潔く、武士を捨てよう」

その瞬間、わっと歓声が沸いた。

子どもたちにしてみれば、親の意地よりも空腹を満たすことのほうが先決なのだ。

おかよはおまつと顔を合わせ、にっこり微笑んだ。

三左衛門はひとり、難しい顔でいる。

武士として生まれ、武士として育った者が、あっさりと武士を捨てることができるのだろうか。

なかなか、できることではあるまい。

自身のことを顧みても、そうおもわざるを得なかった。

「浅間どの」

ぽんと、宇佐見に肩を叩かれた。

「いろいろ、お世話になった。おぬしのおかげで、妻子の喜ぶ顔をまた目にすることができた。それさえあれば、わしは生きていける。そう、気づかされた。何ひとつ案ずることはない。わしはな、志村金吾に切腹を申しわたされたとき、すでに武士を捨てていたのかもしれぬ。こうやって生かされていることを感謝せねばなるまい。これ以上、何かを望めば罰《ばち》が当たる」

宇佐見は口を結び、腰に差した二刀を抜いた。

墓石に手向けた禊萩の脇に、大小をそっと置く。

「牛尾よ、迷惑だろうが、預かってくれ」

蒼天《そうてん》を仰げば、雲ひとつ流れていない。

明日は水無月晦日《みそか》、江戸じゅうの神社では邪気を祓《はら》う夏越《なご》しの祓えが行われる。

「子どもたちと茅《ち》の輪《わ》をくぐり、新たな自分に生まれかわる。それもいい」

宇佐見伝之進はみずからを納得させるようにつぶやき、悲しげに笑ってみせた。

盆の雨

一

中山道、駒込《こまごめ》の追分《おいわけ》。

立秋《りっしゅう》の声を聞くと、頬を撫でる風が気のせいか涼しく感じられる。

わけもなく人恋しくなるのも、野面《のづら》に涼風が吹きぬけるこの季節だ。

三左衛門はおまつに頼まれ、厄除《やくよ》けの御札と麦藁蛇《むぎわらへび》を求めるべく、駒込富士《こまごめふじ》までやってきた。

道端に並ぶ枯れた向日葵《ひまわり》の彼方をのぞめば、富士山にみたてた小高い岩山が夕陽を浴びている。人の手で築かれた霊山だが、山開きの水無月《みなづき》から文月《ふづき》のあいだは多くの参詣客《さんけいきゃく》を集めた。

「おや」

駒込富士を背にした空き地が、異様な盛りあがりを見せている。

「仇討《かたきう》ちだ。仇討ちだぞ」

野次馬の声に抗しきれず、三左衛門は脇道に逸《そ》れた。

松葉牡丹《まつばぼたん》を踏みしめ、人垣のほうへ近づいていく。

雑草の伸びた野面に、ふたりの侍が対峙していた。

刀を抜かず、じっと睨みあっている。

一方は四十前後の壮年、もう一方は月代《さかやき》を蒼々と剃った若侍、仇を捜しあてたのが若侍であることは一目瞭然《いちもくりょうぜん》だ。

「仇は直心影流《じきしんかげりゅう》の免許皆伝らしいぞ」

野次馬のひとりが、物知り顔で言った。

風が吹き、睨みあうふたりの裾を捲《まく》る。

突如、白装束《しろしょうぞく》の青侍が刀を鞘走《さやばし》らせた。

「父の仇」

「おう」

相手もすかさず応じ、長尺の刀を抜きはなつ。

相青眼《あいせいがん》に構えた青侍は、純白の鉢巻《はちまき》からしていかにも弱そうだ。

腰つきもおぼつかず、おそらくは、一刀で返り討ちにあうものと予想された。

「まずいな」

三左衛門はつぶやき、上体を乗りだす。

と同時に、後ろから右肩を鷲摑《わしづか》みにされた。

「う」

驚いて振りむけば、白い眉の老侍が恐ろしい顔で睨みつけてくる。

「助っ人は無用じゃ」

こちらの考えを見抜いたかのように、重々しく言ってのけた。

「なるほど、両者の力量は天と地ほどの隔たりがある。されど、若侍はそれを悟ったうえで、仇を討とうとしておる。九割九分かなわぬとわかっていながら、一縷の望みに賭けておるのじゃ。そのおもいを無駄にしてはならぬ」

老侍は手を放し、すっと身を引いた。

「たとい、この場で斬られ、路傍《ろぼう》の露《つゆ》と消えようとも、あの者に悔《く》いはあるまい。ただし、怨念《おんねん》は生きのこった者の身に宿る。どうせ、仇はよい死に方をせぬ。あのとき、若侍に斬られておればよかったものをと、後悔しながら死んでいく。所詮《しょせん》、人とは死にゆくもの、早いか遅いかのちがいだけじゃ」

「失礼ですが、若侍のお知りあいか」

「赤の他人じゃ。おぬしと同じ、ただの通りすがりよ」

少しばかり腹も立ったが、老侍のいうことにも一理ある。

ここは黙って見守るしかない。

老侍が喋りかけてきた。

「仇の脇構《わきがま》え、変わっておろう」

「切っ先を背に隠しておりますな」

「あれは松風《まつかぜ》よ」

「松風」

「ああ。竜尾返《りゅうびがえ》しと見せかけ、横薙《よこな》ぎに払う。一刀のもとに首を飛ばす直心影流の必殺技じゃ」

「お詳しいですな」

人垣を築く誰もが、若侍の勝利を願っていた。

はたして、多くの祈りが天に通じたのか。

つぎの瞬間、予期せぬことが起こった。

「きぇ……っ」

鋭い気合いもろとも、仇は先手を取って踏みこんだ。

つりだされたように、若侍も頭から突っこんだ。

そして、つぎの瞬間、すっと消えたのだ。

踏みこんださきに、穴があいていた。

若侍の片足が、ずぼっと膝まで穴に落ちた。

仇にしてみれば、唐突に視野から消えたやに見えたのだろう。

「ぬおっ」

脇構えから繰りだされた横薙ぎの一撃は、ものの見事に空を斬った。

仇は勢い余って蹈鞴《たたら》を踏み、片膝を地べたに落とす。

「今だ、やれい」

老侍が叫んだ。

その声に押されたかのように、若侍は白刃を突きあげた。

「のえっ」

鋭利な白刃の切っ先は、仇の顎下を貫いた。

飛沫《しぶき》のように迸《ほとばし》った鮮血が夕陽に溶けゆく光景を、野次馬たちは呆気にとられた顔で見つめた。

やがて、万雷の喝采《かっさい》が沸きおこった。

「よし、よくやった」

歓呼《かんこ》が津波のように響きわたるなか、若侍は穴から這《は》いあがり、奇妙な行動に出た。

血の滴《したた》る大刀を捨て、沈みかけた杏子色《あんずいろ》の夕陽を背にして正座するや、脇差を抜き、みずからの首筋に刃をあてがったのだ。

「うっ」

歓呼は沈黙にかわり、誰もが固唾を呑んだ。

「父上、本懐《ほんかい》を遂《と》げました」

若侍は凜然《りんぜん》と叫ぶや、一抹《いちまつ》の躊躇もみせず、首を掻いた。

殺伐《さつばつ》とした静けさのなかに、虚《むな》しい風が吹きぬけていく。

――ぴいひょろろ。

どこかで鳶《とんび》が鳴いていた。

野次馬からは「あっぱれ」と賞賛《しょうさん》の声もあがったが、ほとんどの者は後味の悪さを禁じ得なかった。

「莫迦《ばか》たれめ」

老侍は舌打ちし、屍骸《むくろ》を照らす残光に背を向けた。

「お待ちを」

三左衛門はおもわず、痩せ枯れた背中に声を掛けた。

無性に、酒の相手がほしくなったのだ。

老侍は返事もせず、二、三歩すすみ、甲羅《こうら》から首を伸ばした亀のように、ゆっくりと振りむいた。

「よかろう」

ひとこと吐きすて、つまらなそうに頷いてみせる。

三左衛門は麦藁蛇をぶらさげたまま、淋しげに微笑《ほほえ》んだ。

二

道端に点々とつづく夕萱《ゆうすげ》に導かれ、ふたりは駒込片町《かたまち》にある目赤不動尊《めあかふどうそん》の門前茶屋まで足を運んだ。

入口脇の賑わいを避け、奥まった床几《しょうぎ》の端を選び、ほっぺたの赤い茶汲《ちゃく》み女に酒肴《しゅこう》を注文する。安酒が出されると、おたがいに注ぎあって呑みかわし、むっつりと押し黙ったまま、四半刻（三十分）ほど過ごした。

やがて、銚釐《ちろり》も空になったころ、老侍はおもむろに語りだした。

「本懐を遂げた昂奮を抑えきれず、若僧はみずから命を絶った。けしからん。あれでは斬られた仇も浮かばれぬわ」

「仇もですか」

「ああ。人の命を絶つということは、断った命の重みを一生背負いつづけねばならぬということじゃ。若僧はそれをあきらめた、早々《はやばや》とな」

怒ったように喋る老侍は、誰かの死を背負って生きているのだろうか。

そうおもって眺めれば、顔にありありと苦悩の色が浮かんでいる。

「さよう。わしは友の死を背負っておる」

「その手で、友を斬ったのですか」

「いいや、ちがう。されど、わしが斬ったようなものだ」

老侍は遠い目をし、訥々《とつとつ》と語りだした。

姓名は山田孫四郎《やまだまごしろう》、歳は五十五というが、十《とお》も老けて見える。

元直参旗本《じきさんはたもと》で、家禄は五百石、番町《ばんちょう》に五百坪の拝領屋敷を賜《たまわ》り、七年前までは千代田城《ちよだじょう》の天守閣《てんしゅかく》を守る天守番の組頭を務めていた。ただし千代田城の天守閣は、三代将軍家光《いえみつ》の御代《みよ》に焼失して以来、再建されていない。

「ありもしない天守閣をお守りする。虚しいお役目じゃ。されど、身過ぎ世過ぎの下手《へた》なわしには、似つかわしいお役目であったやもしれぬ」

山田は少し赤らんだ顔で、懐かしげに振りかえる。

七年前に亡くなった友の名は、長吉《ちょうきち》といった。

「侍ではない」

半蔵門《はんぞうもん》外の麹町《こうじまち》にあった居酒屋の若主人で、そもそもは鮮魚を売る棒手振《ぼてふ》りだった。それだけに、庖丁《ほうちょう》さばきも堂に入っていたという。

「気持ちの優しい大男でな、魚河岸の親方にも可愛がられておったし、兄貴分と慕う棒手振りも多かった。それが……それが、呆気なく逝《い》きおって……うう、くそっ、げほげほ、ぐえほっ」

山田は顔を真っ赤に染め、激しく咳《せ》きこんだ。

三左衛門は骨張った背中をさすりつつ、はなしのつづきを聞きたいと願った。

「もういい。だいじない。ふっ、わしはこれでも居合名人でな」

山田は床几の平皿を摘み、無造作に抛《ほう》った。

「お」

三左衛門の鼻先に電光が走りぬけ、すちゃっと刀を納める音がする。

平皿は土間に落ちず、山田の掌中にあった。

ことりと床几に置いた途端、まっぷたつに割れたのだ。

切り口は滑らかで、細工のほどこされた形跡はなかった。

「どうじゃ、抜いた本身が見えなんだろう」

「感服いたしました」

正直、抜いたのかどうかも判然としない。

だが、刃風は頬に感じたし、平皿もふたつにされている。

「この七年、老体に鞭打《むちう》ち、血の滲《にじ》むような修行をかさねてきた。すべては長吉の仇を討つため」

やはり、そうなのだ。仇を捜しているのだと、三左衛門は納得した。

「秋風が吹くと、いつも長吉のことをおもいだす。あやつが死んだのは、雨が降る盆の夕暮れじゃった。わしの身代わりになって死んだのじゃ。あやつの霊を慰めるためには、石に噛《かじ》りついてでも仇を捜しださねばならぬ。そうやって祈念しつづけ、七年の歳月が流れた」

「いったい、何があったのです」

「つまらぬ諍《いさか》いさ」

　七年前、山田は長年連れ添った愛妻を病で亡くした。残された一人娘と淋しいおもいに耐えながら暮らしていたのだが、三日に一度の役目を終えると長吉の見世に寄って一杯引っかけるのを唯一の慰みにしていた。

「狭い見世だが、いつも常連でいっぱいじゃった。切り盛りしていたのは、おしゅんという美人女将《おかみ》でな、おしゅん目当てに通う者も大勢おった」

　あるとき、身なりの立派な若侍がふらりと立ちより、酒を浴びるほど呑んだあげく、女将にからんだ。

「どうせ、貧乏旗本の次男坊か三男坊さ。歳は二十二、三じゃった」

　若侍は女将の腕を取り、執拗に酌《しゃく》を求め、金を払うから身を売れと冗談半分に迫ったりもした。

「おしゅんは孕《はら》んでおってな、長吉にしてみれば気が気ではなかった。仕舞いにはおしゅんを抱きしめようとしたので、わしは逆《さか》しまにそやつの腕を搦《から》めとり、捻りあげてやった。そして、耳許《みみもと》で罵倒《ばとう》したのじゃ。『この穀潰《ごくつぶ》しめ。酒がまずくなるから、出ていけ』と一喝《いっかつ》したら、そやつはしゅんとなってな、蒼褪《あおざ》めた顔ですごすご見世から出ていった」

おしゅんは表口に塩を撒《ま》き、長吉は山田の手を握らんばかりに感謝した。

「事は無難におさまったかにみえた。ところが、そうはいかなんだ。若僧が白刃を翳《かざ》しながら戻ってきおったのじゃ」

わけのわからぬ叫び声を発し、踏みこんでくるなり、山田の背中に斬りつけた。

そして、あいだに割ってはいった長吉も、腹を刺された。

山田は深手を負いながらも、返しの一撃を浴びせ、若侍の右目を縦に裂いた。

「若僧は逃げた。わしは追おうとして、土間に顔から落ちた。酩酊《めいてい》しておったのだ。傷の痛みすらも感じなかった。どうにか起きあがると、わしは血達磨《ちだるま》になっておった。長吉の流した血の池で泳いでいたのさ」

山田は生死の境を彷徨《さまよ》い、五日後に覚醒《かくせい》した。

目を醒ましてすぐさま、麹町の居酒屋を訪ねたのだという。

「わしは這いつくばるように、見世へ踏みこんだ。ところが、誰もいない。近所の連中に確かめると、長吉が死んだことはわかった。じゃが、孕んだおしゅんの行き先を知る者はいなかった」

長吉を斬った若侍の素姓を知る者もいなかった。

山田はしばらく謹慎《きんしん》したのち、天守番の役目を辞し、娘を妻の実家へ預け、浪々の身となった。

「わしが罵倒したせいで、若僧はかっとなり、見世に戻ってきた。そして、長吉を刃に掛けたのじゃ。長吉は、わしのせいで死んだ。ゆえに、わしは仇を討たねばならぬとおもった」

親類縁者は口を揃えた。

なぜ、他人のために仇を討たねばならぬ。なぜ、侍でもない者のために禄を返上しなければならぬと、心ないことをいう者もいた。

「されどな、長吉はわしの友じゃ。あやつに、どれほど慰められたか。これといって、ことばを交わすわけでもない。黙って酒をつけ、旬《しゅん》の魚を食わせてくれ、愚痴《ぐち》を聞いてくれた。わしにとっては、それだけで充分じゃった」

無論、役目を辞して浪人になることに、まったく抵抗がないわけではなかった。

「十になったばかりの娘との別れが、死ぬほど辛かった。娘も泣きながら、わしの後ろ姿を見送ってくれた。幼心に、父のやるべきことを悟ってくれたのじゃろう」

この七年間、仇の伝手《つて》を手繰《たぐ》っては、各地を北から南まで経巡《へめぐ》ってきた。身も心もぼろぼろになったが、長吉の無念を晴らしたい一心で、今もこうして生きながらえているという。

「盆の雨が降るころになると、不覚をとった背中の傷が疼《うず》くのさ」

名状し難い怒りが渦巻《うずま》いている。

本懐を遂げたいという執念が、山田を生かしているといっても過言ではない。

「不思議であろう。人にはな、こうした生き方もあるのじゃ」

山田は酔った様子で懐中《かいちゅう》に手を差しいれ、黄ばんだ短冊《たんざく》を見せてくれた。

「落ち鱸《すずき》、鍋にしようか盆の雨。ふふ、なかなかのできじゃろう。わしが戯《ざ》れてな、長吉に詠《よ》ませた川柳じゃ。鱸の鍋も作らずに、あやつは遠くへ逝きおった。くそっ、口惜《くちお》しゅうてならぬ」

仇を捜すのが辛くなったら、長吉の川柳を眺めてみずからを鼓舞《こぶ》するのだ。

切ないはなしであった。

死ぬまでこうして、仇を捜しつづけるのだろうか。

「いや、ははは。何年かぶりで、まともに喋ったぞ。七年分、喋ったかのようじゃ。付きあわせて、すまなんだの」

「とんでもない」

「さあ、もう一杯ずつ呑んで、おひらきにしよう」

ふたりは杯をあげ、虚しい心を酒で湿らせた。

山田は腰をあげ、ふらつきながら外に出ていく。

遠くで暗闇を灯すのは、目赤不動の本殿へと導く石燈籠《いしどうろう》であろうか。

「さらばじゃ。二度と逢うこともあるまい」

山田孫四郎は背を丸め、口三味線《くちじゃみせん》を奏《かな》でながら遠ざかっていく。

三左衛門は仇が見つかるのを祈りつつ、骨のある老侍との別れを惜しんだ。

三

そのときは別れがたいと感じたが、数日もすると老侍の風貌《ふうぼう》は薄らぎ、山田孫四郎という姓名すら忘れてしまった。

七夕《たなばた》も過《す》ぎたある日のこと、両国広小路《ひろこうじ》をぶらついていると、居合抜きを披露《ひろう》しながら腹薬《はらぐすり》を売る大道芸人の口上が聞こえてきた。

「さて、ご覧《ろう》じろ。これに取りいだしたる二合半徳利《こなからどっくり》、ひと太刀で四つに斬って差しあげよう」

見物人はそれほどおらず、足を止めずに通りすぎる者もいる。

深い考えもなしに足を向けてみると、鉢巻姿の山田孫四郎が大刀の柄に手を添えていた。

「あ」

三左衛門は固まり、生唾を呑む。

「いえい……っ」

鋭い気合いもろとも、山田は白刃を閃《ひらめ》かせた。

しんと静まりかえるなか、地に落ちた徳利が左右に分かれ、さらに四つの破片となった。

まばらな賞賛の声が沸き、山田は手にした腹薬を客に売りつけようとする。

誰ひとり買おうともせず、客はみな散っていった。

「山田どの」

見物人がひとりのこらず去ったあと、三左衛門は痩せた背中に声を掛けた。

「ん」

振りむいた皺顔《しわがお》が、不思議そうにゆがむ。

「はて、どなたかな」

「お忘れか。先日、駒込の追分で仇討ちを見物したおり、酒を酌《く》みかわしたではありませんか」

「ああ、あのときの……たしか」

「浅間三左衛門です」

「おう、そうじゃ。また逢うたな」

「これも何かの縁、一杯いかがです」

「よかろう。おぬしのおごりならな」

「ふふ、まいりましょう」

歩きかけたところへ、人相の悪い連中が寄ってきた。

「おい、老《お》い耄《ぼ》れ、所場代を払え」

「何じゃ、地廻りか」

いつのまにか、七、八人の破落戸《ごろつき》どもに取りかこまれている。紺《こん》の浴衣《ゆかた》で揃えた若い連中はみな、背中に『万』の一字を背負っていた。

この辺りを縄張りにする万平《まんぺい》一家の面々であろう。

なかでも、ひとりだけ手綱染《たづなぞ》めの浴衣を羽織った厚鬢《あつびん》の大男が一歩踏みだし、偉そうな口を利いた。

「てめえ、見掛けねえ爺《じじい》だな。ここで商売をやりたきゃ、筋ってもんを通さなきゃならねえ。そのくれえは、わかってんだろう」

「粋がるな。ひよっこめ」

「あんだと」

「ここは天下の往来じゃ。誰が何をしようと、文句を言われる筋合いはない」

「そうきたか。老い耄れ、後悔するなよ」

大男はぐっと腰を落とし、蹲踞《そんきょ》の構えをとった。

「おれは大耳《おおみみ》の雷光《らいこう》、元は大名お抱えの相撲取《すもうと》りよ」

「それがどうした。どうせ、通り者に堕《お》ちた口であろうが」

「うるせえ。万平一家の若衆頭《わかしゆがしら》を舐めんなよ」

雷光と名乗る耳の大きな男は、片足を高々と持ちあげた。

「どすこい」

四股《しこ》を踏んでみせる。

「どすこい」

地面が震え、土煙が濛々《もうもう》と舞いあがった。

乾分《こぶん》どもはさっと身構え、懐中に手を突っこむ。

はったりではない。匕首《あいくち》を呑んでいる。

三左衛門は頭を掻きながら、双方のあいだに割ってはいった。

「まあまあ、気を鎮めてくれ」

「てめえは誰だ」

雷光が、どんぐり眸子《まなこ》を剝いた。

「わしか。長屋暮らしの浪人だよ」

「しゃしゃり出るんじゃねえ。怪我すっぞ」

「やめておけ。怪我をするのは、そっちだ」

「あんだと。おい、てめえら、やっちまえ」

「おう」

匕首が一斉に抜かれ、鼻先に突きだされた。

三左衛門は雷光の正面に身を寄せ、前触れもなく、踵《かかと》で足の甲を踏みつけた。

「ぬぎぁっ」

前のめりになったところへ、刀の柄頭《つかがしら》を突きだす。

「うぐ」

鳩尾《みぞおち》にきまった。

雷光の膝が、すとんと抜ける。

俯《うつぶ》せになり、気を失ってしまう。

「存外に、歯ごたえがないな」

三左衛門は狼狽《うろた》えた乾分どもに向きなおり、腹の底から怒鳴りつけた。

「とっとと失せろ。このでかぶつを連れてな」

四人掛かりで雷光を引きずり、破落戸どもは逃げていく。

「おぬし、なかなかやるではないか」

山田はそばまで近づき、にっと笑った。

笑うと赤ん坊のような顔だなと、三左衛門はおもった。

四

露地裏の狭間に、柿の汁を搾《しぼ》ったような夕陽が落ちていく。

「ほうら、鯵《あじ》だよ。お安くしとくよ」

夕河岸《ゆうがし》の売り声に混じって、幼子《おさなご》の笑い声が聞こえてくる。

竹箍《たけたが》で輪転《わころ》がしをして遊ぶ子や、鳥もちで高い木を突っつく洟垂《はなた》れ、竹馬や独楽回《こままわ》しをしながらはしゃぐ幼子たち。どこにでもある長屋の風景が、心を和《なご》ませてくれる。

浜町《はまちょう》河岸《がし》に接する高砂町《たかさごちょう》の一隅に、朽ちかけた貧乏長屋はあった。

山田孫四郎によれば、消息不明となった長吉の女房はこの長屋に住み、針子《はりこ》で生計を立てているという。

「三月ほどまえ、浅草の奥山《おくやま》でたまさか見掛けてな、ここに住んでおるのを確かめたのじゃ。声を掛けそびれてな」

調べてみたら、七年前、麴町の居酒屋へ通っていた常連のなかに、市右衛門《いちえもん》という古着商がいた。おしゅん目当てに通いつめていた助平《すけべい》な男だが、どうやら、おしゅんは長吉を失ったあと、その市右衛門に面倒をみてもらっているようだと、山田は口惜しげに語った。

「妾《めかけ》ではないが、まあ、そのようなものだ」

針子の仕事を貰っている。

生きるためには、市右衛門の世話になるしかなかったのだろう。

ふたりは長く伸びた影を連れ、裏長屋の木戸門に近づいた。

ぴたりと、山田は足を止める。

「どうしました?」

「ここからさきは、一歩も足が出ぬ」

「何を怖《お》じ気《け》づいておられるのです」

「おぬしに頼みがある。これを、おしゅんに手渡してほしい」

押しつけられた包みを解いてみると、小判や一分金のほかに、不定形の丁銀《ちょうぎん》やら豆板銀《まめいたぎん》やらがじゃらじゃら入っていた。

「三両二分ある。恥ずかしいはなし、七年掛かって貯めることができたのは、たったそれだけじゃ」

「たいせつな貯えなのでしょう。ご自身で手渡されたらいかがです」

「突っ返されそうな気がしてな。おぬしなら、貰ってくれるやもしれぬ」

「どうしてです。関わりのないわたしが行けば、かえって怪しまれましょう」

「平気じゃ。のっぺりしたおぬしの顔は、見る者を安心させる」

納得できない。

だが、頑固《がんこ》で横柄なはずの山田が両手を合わせている。

まるで、別人のようだ。

四つ辻のほうから、ちょん隠れをして遊ぶ幼子たちの声が聞こえてきた。

「もういいかい」

「まあだだよ」

誘われて目を向ければ、かぶろ頭の娘が飛びだしてくる。

歳は五つか六つ、くりっとした眸子の可愛らしい娘だ。

山田は頰を強張《こわば》らせ、目を釘付けにさせた。

娘は眼差しを感じたのか、山田を恐がって暗がりへ逃れていく。

「もういいかい」

「まあだだよ」

別の子の声が聞こえ、山田は我に返った。

「まちがいない。長吉の娘だ」

「え」

「おしゅんは孕んでおった。長吉の娘を産みおとし、ちゃんと育てておったのだ」

山田は頷き、握った拳を震わせた。

「大家に確かめた。おしゅんの部屋は一番奥じゃ。障子戸に赤い花模様の千代紙が貼ってある。頼む。その金を、おしゅんに手渡してくれ」

山田は、くるっと背を向けた。

「お待ちを。どこへ行かれる」

「両国の広小路じゃ」

そう言いおき、早足に去っていく。

三左衛門は仕方なく、木戸門を抜けた。

どぶ板を踏みしめ、稲荷《いなり》の祠《ほこら》をめざす。

なるほど、奥まった部屋の腰高障子には、木槿《むくげ》を象《かたど》った千代紙が貼ってあった。

「よし」

覚悟を決め、なかば開いた戸を引きあける。

「ごめん」

「え」

女の白い顔が振りむいた。

窶《やつ》れてはいるものの、かなりの美人だ。

「おしゅんさんかい」

「は、はい」

「突然お邪魔して申し訳ない。拙者、浅間三左衛門と申す」

「浅間さま」

小首をかしげる仕種《しぐさ》が、妙に艶《つや》っぽい。

古着屋が惚《ほ》れるのも無理はないなと、三左衛門はおもった。

「魚河岸の裏の照降町に住んでおってな、妻は十分一《じゆうぶいち》屋を営んでおる。子は娘がふたりおる。上は十三で、下は四つだ」

相手を安心させようと、みずからの素姓をぺらぺら喋った。

おしゅんは、困惑気味に顔を曇《くも》らせる。

「わたしに、何か」

「おう、よくぞ聞いてくれた。とある人物に頼まれてな、これを渡してほしいと」

腰を屈め、板間に包みを置いた。

「何ですか、それは」

「三両と二分ある。受けとってほしいそうだ」

「困ります。見ず知らずの方から、お金を頂戴《ちようだい》するわけにはまいりません」

「見ず知らずの相手ではない。七年前、麴町で居酒屋を営んでおったろう。そのころ、通っていた客だ」

「もしや、山田さまのことでは」

「そのとおり」

おしゅんは、ぱっと顔を明るくする。

「お懐かしゅうございます。山田さまは今、どうしておられるのでしょう」

「七年前に役目を辞されたのは」

「存じております。風の噂にお聞きしました」

「あれからずっと、長吉の仇を捜しつづけておられるぞ」

「え」

おしゅんは絶句し、じわっと涙を滲ませた。

「そ、そうだったのですか」

「仇にめぐりあうことすらできず、情けなくて合わせる顔がない。それゆえ、わしがその金を託された。せめてもの償《つぐな》いだそうだ。わしの顔を立てるとおもって、受けとってはもらえまいか。頼む」

ぺこりと頭をさげると、おしゅんは怒ったように言った。

「おやめください。何を仰《おつしや》ろうとも、受けとるわけにはまいりません。どうか、山田さまにお返しください」

「山田どのを恨んでおるのか」

「どうして、恨むことなどできましょうか。亭主が命を落としたのは、運命にございます。山田さまが亭主のせいで人生を無駄にされたのかとおもうと、かえって心苦しくなってしまいます。どうか、わたしども母娘をそっとしておいてください。七年前のことは、おもいだしたくもありません」

「わかった。すまぬことをしたな。山田どのには、ありのままをお伝えしよう」

「お願いいたします」

三左衛門は包みを拾い、懐中へ押しこんだ。

「おしゅんさん、ひとつだけ聞いてもよいかな」

「何でしょう」

「おぬし、幸せか」

「え」

「すまぬ。つまらぬことを聞いた」

「いいえ、いいんです」

おしゅんは濡れた睫《まつげ》を瞬《しばたた》かせ、淋しげにつぶやいた。

「幸せですと、山田さまにお伝えください。それから、できれば長吉のことは忘れていただきたいと、お伝えいただけませんか」

「ふむ、承知した」

三左衛門は点頭《てんとう》し、おしゅんに背を向けた。

それにしても、莫迦なことを尋ねたものだ。

おしゅんは、長吉の死を引きずっている。

娘を無事に産んだものの、誰よりも喜びを分かちあいたい相手を失ったのだ。

幸せなはずはないのに、まったく愚かなことを聞いてしまった。


木戸門から外へ出ると、小太りの男が待っていた。

「お武家さま、ちょいとお待ちを。おしゅんに何の用です」

「おぬしは誰だ」

「古着商の市右衛門という者で」

「おぬしが」

「へえ。おしゅんと娘を養っておりやす」

偉そうにうそぶく態度が癪《しゃく》に障《さわ》った。

「ほほう、養っておるのか」

「あっしは、おしゅんに惚れておりやす。早く妾にしてやりてえが、家にゃ悋気《りんき》の強《つえ》え山の神がおりやしてね」

「なるほど。それで、隠れてこそこそやっているわけか」

「人聞きがわりいや。あっしが救いの手を差しのべていなけりゃ、おしゅんは子を堕ろし、岡場所に身を売るしかなかったんですよ。あっしが命を救ってやったんだ。どっこい、おしゅんはいっこうに気を許そうとしねえ。くそっ、七年前のことが片時も頭から離れねえんだ。長吉を殺《や》った仇のことが憎くって仕方ねえんですよ。あっしは口惜しくってね、ええ、必死になって仇の素姓を調べやしたよ」

三左衛門は内心驚いたが、冷静さを装った。

「調べはついたのか」

「へへ、お教えしやしょう。仇の姓名は西片静馬《にしかたしずま》と申しやす。家禄五百石にちょいと欠ける旗本の次男坊でやしたが、あの一件で右目を失い、自暴自棄《じぼうじき》になって刃傷《にんじょう》沙汰《ざた》を繰りかえしたあげく、家から籍を抜かれたと聞きやした。そこからさきは、よくわからねえ。おおかた、辻強盗《つじごうとう》や人斬りでもやりながら、生きながらえてきたんでしょう。そいつが半年ほどめえに、江戸へ舞いもどってきたんでさあ」

「何だと。江戸におるのか」

三左衛門は、おもわず身を乗りだす。

「おぬし、居場所を知っておるな」

「ご明察。蛇《じゃ》の道はへびってやつでね。苦労して捜しあてやしたよ。どうやら、地廻りの用心棒をやっているようでね」

「よし、地廻りの名を教えろ」

「只じゃ教えられやせん」

「何だと」

「旦那、山田孫四郎さまのお知りあいなんでしょう」

「ん」

「へへ、やっぱり、おもったとおりだ。あの方の使いで来られたんですね。おしゅんに金でも手渡そうとおもったんですかい。どうせ、拒まれたんでやしょう。へへ、あいつはそういう女だ。欲のねえ女でね、あつかいにくいったらねえ。よろしけりゃ、あっしが金を預かりやしょうか。ぬへへ、信用ならねえってお顔ですぜ。ま、小金にゃ用はありやせん。長吉の仇を討とうって腹なら、仇の居場所は喉《のど》から手が出るほど知りてえはずだ」

　市右衛門は、探るように睨んでくる。

「ちいとばかり、金に困っておりやしてね」

「いくらだ」

「三十両。それだけの値打ちはあるとおもいやすがね。だいいち、山田さまは七年も仇を捜していなさるのでしょう」

「ちっ」

　三左衛門は、おもいきり舌打ちする。

　こんな小悪党の世話になり、おしゅんも哀れだ。

「こっちに来い」

　市右衛門を暗がりに誘い、すっと脇差を抜いた。

「うえっ、な、何すんでえ」

「金は払わぬ。仇の居所を吐け」

「くそったれ、脅しは通用しねえぜ。おれを殺ったら、おしゅんは明日から路頭に迷うんだ」

　それもそうだ。

三左衛門はあっさりあきらめ、脇差を納めた。

われながら、思慮のないことをしたものだ。

「三日待ちやしょう。山田さまと、ご相談いただきてえ」

「わかった。三日後に返答すればよいのだな」

「箱崎《はこざき》に『入船《いりふね》』っていう船宿がありやす。山田さまとおふたりで、暮れ六つ（六時）にお越しくだせえ」

「入船に暮れ六つだな。よし」

三左衛門は、しっかり頷いた。

「ふへへ、見掛けによらず、恐《こえ》えおひとだな」

小悪党の嘲笑《ちょうしょう》が、耳からしばらく離れなかった。

五

興奮の醒めやらぬまま、三左衛門は両国広小路へ足を向けた。

山田を捜しあて、市右衛門のことばを漏らさずに伝えたのだ。

そして、三日後の夕刻。

ふたりは照降町から思案橋《しあんばし》を渡り、日本橋川に沿って行徳河岸《ぎょうとくがし》へ向かった。

房州塩《ぼうしゅうじお》の荷揚げ場として知られる行徳河岸から箱崎橋を渡ったところに、めざす船宿はあった。かつては中洲《なかす》の浮いていた三ツ股《みつまた》を抜け、大川にいたる起点でもあり、釣り船を繋いだ桟橋も数多く見受けられる。

山田は当然のことながら、仇の素姓と居所を知りたがっていた。

それが七年経って判明するかもしれないという期待で胸がいっぱいになり、満足に喋ることもできない。

もちろん、不安はある。

市右衛門に騙されるのではあるまいか。

金も用意できなかった。押しこみ強盗でもしないかぎり、三十両もの金を用意できるはずはない。

「そんなものはいらぬ。市右衛門のことは、よう知っておる。小心者の小悪党じゃ。七年経った今も、性根は変わるまい」

山田は強がってみせた。

脅して吐かせるつもりなのだ。

川面は夕陽を浴びて、眩《まばゆ》いほどに煌《きら》めいている。

ふたりは暮れ六つの鐘を聞きながら『入船』の敷居をまたいだ。

ぽっちゃりした女将があらわれ、お連れさんは疾《と》うにみえているという。

三左衛門は、のどが渇いて仕方なかった。

仇の所在を知ったら、そのあとはいよいよ、仇討ちということになるのだ。

尋常に闘えば、どちらかが死ぬ。

妙な言いまわしだが、三左衛門は命の奪いあいを取りもとうとしていた。

山田は死ぬかもしれない。

だが、山田孫四郎は望んでいる。

仇と雄々しく闘い、本懐を遂げたい。

仇討ちだけが、生きる支えなのだ。

三左衛門も、侍ゆえにわかる。

いちどこうと決めたことを成し遂げないかぎり、心の平安は訪れない。

やはり、山田は仇を討たねばならない。

たとい、誰かが死ぬことになろうとも、それは運命なのだと、三左衛門はみずからに言い聞かせた。

女将に導かれた二階座敷で待っていたのは、古着商の市右衛門ではなかった。
十七、八の武家娘だ。

下座にひとり、ぽつんと正座している。

山田は娘を見定め、ことばを失った。

「お、おまえは……百合《ゆり》か」

「父上、お久しゅうございます」

七年前に別れた娘であった。

「大きゅうなったな。うんうん」

山田は感極まり、頷くことしかできない。

それはそうだろう。十で別れた娘と七年ぶりに再会したのだ。

見掛けは大人びても、娘を見まちがえることはあるまい。

山田は溢れだす感情を抑え、上座に腰をおろした。

「ああ、忘れるところであった。そちらは浅間三左衛門どのじゃ。いろいろと世話になっておる」

百合は三つ指をつき、しっかり応じてみせた。

「父がお世話になっております」

「いいえ、拙者は何も」

言いよどむと、山田が割ってはいった。

「百合。なぜ、おぬしがここにおる」

たしかに、それがいちばん聞きたいことだ。

百合の可憐な顔が引きしまった。

「古着商の市右衛門という方から、おはなしをいただきました。父上がいよいよ、仇討ちをするおつもりだと。逢いたければ逢わせてやろうと。それを聞いてわたくしは、居ても立ってもおられず」

「そうであったか」

「市右衛門という方には、口が裂けても父に仇の居所を教えてくれるなと、お願いしました」

「何じゃと」

山田は皺顔を曇らせる。

狡猾《こうかつ》な小悪党は、百合にも声を掛けていた。それだけでも許せぬ行為なのに、こちらには仇の居所を教えるといい、百合には仇の居所を告げないと約束したのだ。

市右衛門は父と娘を両天秤《りょうてんびん》に掛け、金払いのよいほうを選んだにちがいなかった。

「百合、小悪党にいくら払った」

「それを聞いて、どうなされます。市右衛門という方は約束してくれました。金《こん》輪際《りんざい》、父上とは逢わぬと」

「その約束にいくら払ったかと聞いておる」

山田は声を荒らげ、娘を睨みつける。

「五十両です」

百合は下を向き、つぶやいた。

「あやつめ」

山田は呻き、眦《まなじり》を吊りあげた。

百合は畳に両手をついた。

「父上、お約束ください。もう、あの方とは逢わぬと」

「できぬな」

「どうしても、仇討ちをなさるのですか」

「やらねば、死んでも死にきれぬ」

怒りに打ち震えつつ、山田は吐きすてた。

百合は両手をついたまま、尖った顎を突きだす。

「せっかく、こうしてお逢いできたのです。父上を死なせとうはございません。わたくしといっしょに、お暮らしくださいませ」

「な、何を申すか」

山田はあきらかに、狼狽えた。

「実家への配慮はいりません。わたくし、さる藩の奥向きで剣術を教えておりますす。富田流の師範から学んだ小太刀を教えているのです。番町に手頃な借家もございます。親戚には頼らず、父娘水入らずで暮らすことができるのですよ」

「父娘水入らず」

一瞬、山田は夢をみたようだった。

が、すぐに夢から醒め、烈火のごとく怒りだす。

「もしや、世話になっておる藩の勝手掛《かってがかり》から、五十両を借りたのではあるまいな」

「いいえ、わたくしの貯えにございます」

嫁入りの支度金かもしれないと、三左衛門は勝手に想像した。

山田は力無く項垂《うなだ》れ、首を左右に振る。

「許せ、百合。わしはな、どうしてもあきらめきれぬ。市右衛門が喋らぬと申すなら、今までどおり自分で仇を捜す。それだけのはなしじゃ」

「どうしても、と仰るのですか」

「ああ、決意はまげられぬ」

「わかりました」

ほっと、百合は溜息を吐《つ》いた。

最初から返事を予想していたのか、さっぱりした表情だ。

山田は気づいていない。涙で曇り、娘の顔がまともに見えていないのだろう。

百合は、何か大事なことを隠している。

それを探ってみなければと、三左衛門はおもった。

六

旗本御家人の多く住む番町は、住人すら迷ってしまうほどの迷宮といわれている。

ただし、下野《しもつけ》佐野藩《さのはん》一万六千石、堀田摂津守《ほったせっつのかみ》の上屋敷はまず、まちがえようがない。

麹町三丁目の角を曲がり、御厩谷《おんまやだに》を北にまっすぐ行けばたどりつく。

三左衛門は山田には内緒で、百合の動きを見張った。

小太刀を教えるほどの力量と聞き、少なからず興味を抱いたのと、なぜ、そもそも小太刀を修得したのかという点が気に掛かったのだ。

百合は五日に一度、住まいにほど近い堀田邸の奥向きへおもむいている。

怪しい動きがあるとすれば、堀田邸からの帰路が狙い目だった。

予想どおり、百合は午《うま》ノ刻《こく》（正午）までには稽古を終え、屋敷の外へ出てきた。

供の娘をさきに帰し、住まいとは反対の禿《かむろ》小路《こうじ》へ足を向け、坂下にある稲荷の祠へ身を隠す。

「怪しいな」

注視していると、祠から出てきたのは二刀を腰に差した編笠《あみがさ》侍《ざむらい》であった。

すんでのところで見逃すところだったが、百合が男に化けたのだと察し、急いで背中を追いかけた。

ひたすら徒歩で内濠沿いを経巡り、大名屋敷を突っきって日本橋をめざす。

さらに、薬種問屋の居並ぶ本町《ほんちょう》大路《おおじ》を抜け、両国方面へ向かう。

たどりついたさきは、薬研堀《やげんぼり》に架かる難波橋《なんばばし》のたもとだった。

そこに、太鼓暖簾《たいこのれん》をはためかせた地廻りの見世がある。

藍染《あいぞ》めに白抜きで『万』の一字がみえた。

どこかで目にした屋号だ。

「おもいだした」

両国広小路で因縁《いんねん》をつけてきた破落戸どもが、揃いの紺の浴衣に『万』の字を背負っていた。

「せんぶりの万平か」

名だけは、夕月楼の金兵衛から聞いたことがある。

両国一円に幅を利かせる地廻りの親分だという。

「せんぶりってな、腹痛の薬ですよ。千度振りだしてもなお、苦い。目を付けられたら最後、骨の髄までしゃぶられる。強欲で血も涙もない男だけに、敵も多い。そいつが万平という男です」

ともあれ、地廻りの親分にいったい何の用があるのか、百合は辻蔭に隠れ、じっと表口を見張っている。

辻蔭から見張る男装の娘を、三左衛門は後ろの天水桶《てんすいおけ》の蔭から見張っているのだ。

だが、表口に出入りする強面《こわもて》の連中を眺めているうちに、百合の意図が明確にわかってきた。

山田が仇と狙う西片静馬は「地廻りの用心棒をやっている」と、市右衛門は言った。

地廻りとは、万平なのかもしれない。

百合は五十両と交換に、万平の名を聞きだしていたのだ。

父には告げず、その名を胸に仕舞い、いったい、何をする気なのか。

もしかしたら、父の代わりに仇を討とうとしているのかもしれない。

「きっとそうだ」

合点した途端、動悸《どうき》が激しくなってきた。

我に返ってみると、百合が辻蔭から身を乗りだしている。

眼差しをたどって表口をみやれば、太鼓暖簾の手前に浪人が佇《たたず》んでいた。

異様に痩せた背の高い男だ。

遠目にみると髑髏《どくろ》のような顔だが、右目は垂らした前髪で隠れている。

「西片静馬だな」

「妙な気分だな」

まちがいあるまい。

油断なく左右に目を配り、飄然《ひょうぜん》と歩きだす。

百合も動いた。

少し間をあけ、三左衛門も追いはじめる。

西片らしき男は、大川に沿った土手道を新大橋《しんおおはし》に向かった。

気づいてみれば、空はいつのまにか黒雲に覆《おお》われつつある。

「ひと雨来そうだな」

午過《ひるす》ぎなのに薄暗く、暮れかけているかのようだ。

西片は早足になり、どんどん遠ざかっていく。

百合は気づかれぬように、慎重に追いかけた。

さらにそこから、かなりの間をあけて追わねばならぬので、三左衛門はもどかしくて仕方ない。

だが、少しばかり安堵《あんど》もしていた。

百合が無謀はしないとわかったからだ。

相手の力量をきっちり見定めようとしている。

「十七の小娘にしては腹が据わっているな」

三左衛門は感心しながらも、死なせるわけにはいかぬと固く心に誓った。

もはや、西片のすがたは豆粒のようだ。

新大橋を渡れば、その向こうは深川になる。

右手に曲がれば、あやめ河岸だ。さらに、そのさきの浜町河岸を越えれば、行徳河岸へたどりつく。

三左衛門は、はっとした。

行徳河岸から箱崎橋を渡ったさきには『入船』がある。

もしかしたら、西片は市右衛門と会うべく、足を運んでいるのではあるまいか。

――ごろ。

雷鳴が轟《とどろ》き、雨がぱらついてきた。

ふたりのすがたは消え、遠く正面には灰色の川が躍っている。

「くそっ」

三左衛門は両手で裾を摘み、蟹股《がにまた》で駆けはじめた。

雨脚は激しさを増し、驟雨《しゅうう》となった。

泥《どろ》を撥《は》ね飛ばして駆けに駆け、あやめ河岸を視野におさめたときには、地べたが川と繋がったような土砂降《どしゃぶ》りになった。
「ん」
三左衛門は足を止め、眸子を皿のように見開いた。
「ぎゃん」
断末魔《だんまつま》の悲鳴とともに、山狗《やまいぬ》の首が宙に飛ぶ。
半町ほどさきだ。
一刀で山狗の首を飛ばしたのは、西片にほかならない。
雨に打たれながら血振りを済ませ、素早く納刀する。
凄まじい力量であることは、一目瞭然だった。
一方、百合は背後の繁みに隠れ、じっとしている。
五体から、殺気を放っていた。
「うぬ」
殺る気なのだ。
凄惨な光景を目にしたことで、怒りの炎に油を注がれたのか。
固く縮んだからだを、毬《まり》のように弾ませようとしている。
それが、遠目からでもわかった。

「させるか」

三左衛門は、尻《しり》っ端折《ぱしょ》りで駆けはじめた。

前歯を剝き、泥を撥ね飛ばす。

西片の背中は霞《かす》みかけているが、手の届かぬ間合いではない。

百合は、まだ動かない。

動こうと決めた瞬間、獣のように奔《はし》りだすにちがいない。

止めねばならぬ。

三左衛門は必死に駆け、水溜まりに滑って転んだ。

泥だらけの顔を持ちあげると、百合が編笠をかたむけ、こちらを睨んでいる。

「待て、百合どの」

押し殺した声で告げると、百合は編笠をはぐりすて、脇差を抜いた。

三左衛門は身を起こし、右掌を差しだす。

「待て、早まるな」

「うるさい。邪魔だていたすと、斬るぞ」

百合は脇差を逆しまに構え、有無を言わせぬ勢いで突きかかってくる。

「ぬわっ」

三左衛門は不意をつかれ、どしゃっと尻餅をついた。

が、咄嗟《とっさ》に手を伸ばし、百合の足首を摑む。

「あっ」

百合も体勢をくずし、その場に転んだ。

「何をする」

百合は三左衛門を足蹴《あしげ》にし、飛び起きるや、馬乗りになった。

右手に握った脇差の刃が、喉笛にあてがわれた。

「まいった。勘弁してくれ」

三左衛門は、手足を泥水のうえに投げだした。

百合も力を抜き、からだを覆いかぶせてくる。

重みは感じない。

女の匂いが忍びこんできた。

百合はからだを震わせ、声も出さずに泣いている。

「恐い。わたしには……できない」

正直な気持ちを吐露《とろ》し、ゆっくり身を剝がす。

ふたりは並んで座り、行徳河岸のほうを見た。

すでに、仇のすがたはない。

こちらに気づいたかどうかも、わからなかった。

「百合どの」

三左衛門は、できるだけ優しく語りかけた。

「父上を助けたい気持ちはわかる。されど、おぬしが死ねば、父上は悲しむぞ。案ずるな。父上のことは任せてくれ。死なせやせぬ。かならずや本懐を遂げさせ、おぬしのもとへ戻してやる」

百合は落ち武者のように肩を落とし、がっくりと項垂れた。

生死の境目に身を置き、精も根も尽き果てたようだった。

七

——まこもや、まこもや、いらんかえ。

盂蘭盆会《うらぼんえ》の魂棚《たまだな》に敷く真菰《まこも》売りが、露地裏で声を張っている。

箱崎の川際で、古着屋の市右衛門が斬殺された。

山狗のように、一刀で首を飛ばされたのだ。

「浅間さま、おられやすかい」

照降長屋へ飛びこんできたのは、御用聞きの仙三だった。

「お、ちょうどよいところへ来た。古着屋が首を飛ばされたらしいな」

「そのことで、八尾さまがいらしてほしいと」

「どこへ」

「両国広小路の番屋でやす」

古着屋を殺めた下手人を捕まえたら、何とそいつが三左衛門の名を出した。

「江戸での請け人《にん》だから、連れてこいと言いやしてね。連れてくるまでは何ひとつ喋らねえと、言いはっていやがる様子で」

「どんな男だ」

「あっしは見ておりやせんが、見掛けは還暦《かんれき》を過ぎた老侍だそうで。何でも、居合抜きの大道芸で口を糊《のり》しているとか」

「何だと」

まちがいない。山田孫四郎だ。

三左衛門は大小を腰に差し、急いで部屋を飛びだした。

それにしても、どうして、山田が捕まったのだろうか。

市右衛門が首を飛ばされたと聞き、まずまっさきに浮かんだのは、西片静馬の背中だった。

殺められた場所や時刻からしても、西片が下手人である公算は大きい。となれば、山田は何者かに濡《ぬ》れ衣《ぎぬ》を着せられたことになる。

「いったい、誰が捕まえたのだ」

尋ねてみると、仙三はあっさり応じた。

「せんぶりの万平っていう地廻りでやす」

「まことかよ」

「おや、ご存じで。万平ってな評判のよろしくねえ男でやすが、お上から十手も預かっておりやしてね」

「ほう、そうだったのか」

「仕返《しけえ》しを恐れて、文句を言う者もいねえ。両国の辺りじゃ、肩で風切って歩いておりやすよ」

たまさか番屋の見廻りに訪れたのが、半四郎だった。

そのおかげで繋がったのは、不幸中の幸いというしかない。

「ずいぶん、責められちまったらしいですよ」

「そうなのか」

焦る気持ちを抑えつつ、両国広小路までやってきた。

山田孫四郎は、神田川寄りの吉川町《よしかわちょう》の番屋に留めおかれているという。

「さあ、めえりやしょう」

仙三に導かれ、番屋の敷居をまたいだ。

「おいでなすったね」

正面に座った半四郎が、にっこり微笑んだ。

かたわらで偉そうに煙管《キセル》を吹かしているのは、万平であろう。

鮟鱇《あんこう》のような悪相を、さらに醜《みにく》く歪《ゆが》めて見せる。

「さ、浅間さん、どうぞ」

半四郎の丁重な態度に、万平はいささか驚かされたようだ。

「とりあえず、会っていただきましょう」

奥の板間との仕切り戸が開かれた。

「う」

三左衛門はおもわず、眉をひそめる。

白髪の侍が、隅のほうに横たわっていた。

気を失っているらしい。

したたかに撲《なぐ》られたのか、両方の瞼《まぶた》を腫らしている。

「知りあいの山田孫四郎どのです。それにしても、ひどい」

三左衛門は身を寄せ、痩せたからだを抱きおこす。

息はしているものの、揺すっても覚醒しない。

「八尾さん、この方は直参旗本ですよ。事情あって野《や》にくだったのです」

「そりゃまずいな」

「古着屋を斬ったなどと、何かのまちがいにきまっている。誰かが無理に吐かせようとして、責めたにちがいない」

「おれが番屋に来たときにゃ、もうそのざまだったからな」

半四郎は苦々しく言いはなち、万平を睨みつける。

地廻りの元締めは悪びれた様子もみせず、煙管の雁首《がんくび》を灰吹《はいふ》きの縁に叩きつけた。

「八尾の旦那、船宿の女将が見たんですぜ。その老い耄れが古着屋と喋っているところをね。見掛けはただの老い耄れだが、その野郎、居合抜きの名人らしくてね、人の首を飛ばすくれえは造作《ぞうさ》もねえんだ」

「船宿の女将は、殺《あや》めたところを見たのか」

「いいえ。そうは聞いておりやせんがね、老い耄れは昨晩遅く、箱崎の川縁《かわべり》を彷徨《うろつ》いていたんですぜ。殺《や》ったか殺らねえか、ちょいと責めてやりゃ吐きやすぜ。あっしの乾分に命じてくだせえよ」

「その必要はねえ」

「どうしてです」

「浅間さんはおれの友でな、信用のおける御仁《ごじん》だ。浅間さんが殺ってねえと言ったら、殺ってねえのさ」

「そんな。旦那、おかしいぜ。ろくに調べもしねえで、解きはなつんですかい」

「うるせえ。てめえ、地廻りの分際で、同心に意見しようってのか」

「弱ったな。ま、しゃあねえや。八尾の旦那にゃ袖の下も通用しねえようだし。ふん、運の良い老い耄れだぜ」

半四郎みずから、水を汲《く》んできてくれた。

万平は「ちっ」と舌打ちし、番屋から出ていってしまう。

山田はようやく薄目を開け、水をふくんだそばから吐きだした。

「おい、山田どの、大丈夫か」

背中をさすってやると、かっと血を吐く。

それがあまりに鮮やかな赤だったので、三左衛門も半四郎も仙三も驚かされた。

「喀血《かっけつ》じゃねえのか」

半四郎の言うとおり、責められたせいで吐いた血ではない。もともと、胸を患っているのかもしれなかった。

「う……うう」

山田は、どうにか意識を戻した。

「ん、おぬし、やっと来てくれたか」

「すみません。遅くなって」

「いや、よいのだ。それにしても、同心に知りあいがおったとはな」

鋭い眸子でみつめられ、三左衛門は顔を背けた。

仇討ちを狙っていることが知れたら、半四郎も黙っていまい。

余計なことを喋っていないかどうか、目顔で脅しつけたのだ。

「ふん、まあよい。肩を貸してくれ」

山田に肩を貸して外へ出ると、強面の破落戸どもが人垣をつくっている。

まんなかで薄笑いを浮かべているのは、万平にほかならない。

「退きやがれ、この野郎」

半四郎は巨体を乗りだし、破落戸どもを押しわけた。

左右に分かれた狭間を、三左衛門と山田はすすんでいった。

殺気をただよわせる人垣を抜け、振りかえってみると、番屋のまえで半四郎が手を振っている。

「八尾さん、すまぬ」

三左衛門は、頭をさげた。

心苦しいが、事情を告げることはできない。

仇討ちといっても、武士の仇を討つわけではないので、お上から正規の許可がおりるはずはなかった。

半四郎が知れば、役目上、止めざるを得なくなる。

悩ませてしまうのはわかっているので、事情を告げるわけにはいかなかった。

「また、おぬしに助けられたな」

山田が笑った。

前歯が欠けている。

撲られたとき、折れたのだろう。

「雷光とかいう元相撲取りがおったじゃろう。あやつに責められた。ふん、嬉しそうにしておったわい」

「くそっ、雷光め」

「わかっておるとおもうが、わしは古着屋を斬っておらぬ」

「ええ。殺ったのは、西片静馬ですよ」

三左衛門は、百合を追ってあやめ河岸まで行った経緯《いきさつ》をはなした。

「さようか」

山田は怒りもせず、すべてわかっていたような顔をする。

「なるほど、読めたぞ。市右衛門の阿呆《あほう》は欲をかき、西片静馬にもはなしを持ちかけたのじゃ」

「わたしも、そうおもいます。あなたが仇と狙っていることを告げ、居場所を教えるかわりに金をせびろうとした」

「相手は狼《おおかみ》だ。まともなはなしが通用するはずがない」

「脅されてすべて吐かされたあげく、首を飛ばされた」

おそらく、そのあたりの事情は万平も知っているだろう。

「鮟鱇野郎め、西片に恩を売ろうとしたのじゃ」

「わざわざ手を汚すこともなく、葬《ほうむ》る手管《てくだ》を考えついたとでも告げたのでしょう」

「わしは両国の広小路で居合抜きを演じているところを捕まえられ、すぐそばの番屋にぶちこまれた」

半四郎がいなかったら、今ごろどうなっていたかわからない。

「きゃつらめ、わしを逃がしたことを後悔させてやる」

山田は強がってみせ、激しく呟きこんだ。

苦しげな表情が、三左衛門の瞼に焼きついた。

八

ふたりの足は、自然と麹町へ向かった。

番町寄りの五丁目と六丁目のあいだに、善国寺谷《ぜんこくじだに》がある。

鈴振《すずふ》りという美しい異称を持つ坂道の際に、火除地《ひよけち》を背にして小さな居酒屋が今も建っている。

「残っておったのか」

陽はまだ高いが、客の入りはまずまずのようだ。

もちろん、庖丁を握るのは長吉ではない。

誰か別の者が主人となり、細々と見世をつづけているのだ。

「すべては、ここからはじまった」

山田は、淋しそうにこぼす。

麴町に足を運ぶのは、七年ぶりのことらしい。

「どうです。ちょっと覗いてみませんか」

「え」

「よいではありませんか。どうせ、知っている顔もいないでしょうし」

「そうだな。厄落としでもするか」

ふたりは連れだって、敷居をまたいだ。

客たちが一斉に振りむく。

沈黙が流れ、庖丁を握った三十男が驚いたような声をあげた。

「山田さま、山田孫四郎さまじゃありやせんか」

「ん、おぬしは」

「龍次《たつじ》でやすよ。そんなことよりどうされたんですか、ひどい怪我を負われて」

「いや、たいしたことじゃあない。龍次、おう、そうじゃ。たしか、長吉の弟分だったな」

「へい。魚河岸の親方からおはなしをいただいて、長吉兄さんのあとを継がせてもらったんでさあ」

「そうだったのか」

客たちも、親しげに声を掛けてくる。

よくよく眺めてみれば、みな、あのころの常連だった。

「お会いしたかった。どうしておられましたか」

と、涙ながらに尋ねてくる者もある。

龍次は「死ぬまで見世をやりたい」という長吉の遺志を継ぎ、暖簾を守りつづけてきた。

ただ、それも今月かぎりだという。

「もうすぐ、建物は取りこわされやす」

地主が土地を売って、楽隠居したがっているのだ。

常連にとっては口惜しいはなしだが、抗《あらが》う理由もない。

「こればっかりは、どうしようもねえ。でも、壊されるめえにおいでいただいて、ほんとうによかったですよ」

るようだった。

山田も口惜しがったものの、時の流れに抗うことはできないと、あきらめてい
「ああ、そうだな」

「娘にも逢った。おもいがけず、龍次やむかしの仲間と再会することもできた。

何ひとつ、おもいのこすことはない」

ふたりは明け方まで痛飲し、東の空が白みはじめたころに見世を出た。

朝靄《あさもや》に包まれた露地裏で肩を並べ、仲良く立ち小便をする。

「ふはは、こんなに愉快な気分を味わったのは何年ぶりじゃろう」

「楽しかったですね、ほんとうに」

「すまぬな。付きあってもらって」

「何を仰います。こっちが付きあわせたのですよ」

三左衛門は小便を弾きながら、真顔で言った。

「山田さん、あなたにお逢いできて、よかったです」

「さようか。ありがたいな。浅間どの」

「何です。あらたまって」

「わしはな、もうすぐ死ぬ」

「え」

長い小便が、止まりかけた。

「驚くことはなかろう。人はいずれ死ぬ。それが早いか遅いかのちがいだけじゃ。人とは不思議な生き物でな、死期が近づくと自分でわかるのさ。いいや、人だけではないのかもしれない。犬や猫もそうだ。群れをつくる動物や鳥も、死期が近づけば群れから離れていくのかもしれぬ。ふっ、虫のしらせというやつさ。ゆえにな、急がねばならぬ」

山田は淡々とこぼし、鼻歌を歌いながら遠ざかっていく。

ひんやりとした空気が、向《む》こう臑《ずね》にまつわりついてくる。

是非とも本懐を遂げさせ、もういちど百合に逢わせねばなるまいと、三左衛門は強く心に誓った。

九

盂蘭盆会。

十三日の夕べには先祖の魂《たましい》を迎えるべく、家々の門口で迎え火を焚《た》く。

武家や商家では玄関口に家人が勢揃いし、鉦《かね》などを打ちならしながら祖霊《それい》を迎えいれる。

　盆のあいだ町は静まり、往来を徘徊《はいかい》するのは木魚《もくぎょ》や鐃鈸《にょうはち》を鳴らしながら練り歩く托鉢僧《たくはつそう》くらいのものだが、家人が集《つど》う盂蘭盆会はまた質《たち》の悪い債鬼《さいき》のかきいれどきでもあった。

　盆の終わりの十六日、藪入《やぶい》り。

　万平の乾分たちが動いた。

　破落戸どもを率いるのは、元相撲取りの雷光だ。
　七、八人を従えて躍りこんださきは高砂町の裏長屋、奥まった稲荷社のそばには囲い主を殺された哀れな母と娘が住んでいる。
「おしゅんはいるか」

　雷光は、大きな耳をひくつかせた。

　怒声は長屋じゅうを震撼《しんかん》とさせるもので、誰ひとり部屋から出ようとしない。

　大家でさえも、戸のわずかな隙間から目だけを光らせている。

「あけるぜ」

　千代紙の貼られた腰高障子が、乱暴に引きあけられた。

　薄暗い部屋のなかでは、おしゅんが六つの娘を抱え、脅えた兎《うさぎ》のように震えている。

「お、いやがった。死んだ市右衛門にゃ、百両もの貸しがあってなあ、そいつを返《けえ》してもらわなくちゃならねえ」

「何で、わたしが」

「おめえは市右衛門の囲われ者だろう。囲われ者はよ、鍋釜と同じで、そいつの持ち物なんだぜ。つまり、借金のカタってわけだ。さあ、てめえは岡場所に沈んでもらう。こっちに来い」

「娘は、娘はどうするんですか」

「そうよな」

雷光が顔を近づけた途端、六つの娘はわっと泣きだす。

「くそっ、泣きやがった。可愛げのねえ娘だぜ。ふん、がきってなあ、これだから困るのさ」

おしゅんは、両手を床についた。

「お願いします。どうか、娘もいっしょに連れていってください」

「そいつは無理だな。こぶつきの嬶《かか》ぁなんぞ、二束三文《にそくさんもん》にもなりゃしねえ。おめえは歳を十ほどさばよんで、板橋あたりの女郎屋へ売っ飛ばす。娘をどうするかは、そのあとでじっくり考えよう」

雷光が顎をしゃくると、乾分のひとりが娘を引きはがしにかかった。

「おら、手を放しやがれ」

「ご勘弁を。どうか、ご勘弁を」

おしゅんは狂ったように叫び、娘をぎゅっと抱えこむ。

だが、若い男の膂力《りょりょく》にかなうはずもなかった。

仕舞いには土間に引きたおされ、敷居の外へ引きずりだされた。

「けっ、手間取らせやがって」

雷光はおしゅんの顔を蹴ろうとして、すんでのところでおもいとどまる。

「おっと、やべえ。顔を傷つけるところだぜ」

どすっと、腹に蹴りを入れた。

おしゅんは声もあげられず、蹲《うずくま》ったまま嘔吐《おうと》しだす。

「おっかさん、おっかさん」

幼い娘は、必死に泣き叫んだ。

それでも、隣近所の連中は出てこない。

穴蔵に籠もった土竜《もぐら》も同然だった。

雷光が怒鳴る。

「女を縛りあげろ」

「へい」

近づいた乾分の手首に、おしゅんが嚙みついた。

「い、痛っ」

一瞬の隙をつき、娘を抱いた乾分に飛びかかっていく。

だが、抵抗もそこまでだった。

後ろから雷光が駆けよせ、おしゅんの襟首を摑んだ。

そのまま宙に振りまわし、勢いをつけて投げとばす。

おしゅんは長屋の板壁に頭をぶつけ、ぐったりしてしまった。

「ちっ、気の強《つえ》え女だな。今日は閻魔《えんま》の斎日《いみび》だぜ。おれを怒らせたらどうなるか、わからせてやろうじゃねえか」

ずんと踏みだしたところで、雷光は足を止めた。

目のまえに、瘦せた老侍が立っている。

「何の用だ」

「おしゅんの知りあいじゃ」

山田孫四郎である。

「胸騒ぎがして来てみたら、案の定、阿呆どもがおったわい」

山田の後ろには、三左衛門も控えていた。

雷光は広小路で痛めつけられた相手だと気づいていない。

三左衛門はおしゅんを助けおこし、介抱《かいほう》してやった。

山田は両手をだらりとさげ、悲しそうにつぶやく。

「おなごを痛めつけて、それほど楽しいか」

「うるせえ。死に損ないめ、邪魔だてすると、ただじゃおかねえぞ」

「どうする気じゃ」

「叩っ斬る」

ずらっと、雷光は段平《だんびら》を抜いた。

山田は逃げず、逆しまに身を寄せ、目にも留まらぬ素早さで本身を抜きはなつ。

――しゅっ。

煌めきとともに、刃風が渦巻いた。

すでに、山田の本身は鞘の内にある。

突如、雷光の右耳から鮮血が迸《ほとばし》った。

乾分どもは、呆気にとられている。

地べたには、肌色の耳が落ちていた。

「ふ、ふぇええ」

雷光は、とんでもない悲鳴をあげた。

痛みよりも、恐怖のほうが勝ったにちがいない。

その場から脱兎《だっと》のように逃げだすと、乾分たちも急いで従った。

「巨体に似合わず、逃げ足は速いの」

残されたのはおしゅんと娘、それと雷光の右耳だ。

長屋の連中が一斉に飛びだし、歓声を送ってくる。

「ふん、臆病者どもめ」

山田は住人たちを睨《ね》めつけ、ぺっと痰《たん》を吐いた。

十

おしゅんと娘を夕月楼に預け、山田と三左衛門は薬研堀の万平一家へ踏みこんだ。

西片静馬に尋常の勝負を挑むべく足を向けたものの、肝心の西片も万平もそこにはいなかった。

あらかじめ、予測していたのだろう。

捨文《すてぶみ》が残されていた。

勝負を望むのであれば、夕刻までに原宿村《はらじゅくむら》の荒れ寺まで来いという内容だった。

「罠《わな》だな」

わかっていても、行かぬ手はない。

「決着をつけてやる」

山田は意気込んだ。

夕刻、ふたりは赤坂《あかさか》門外から原宿村へ向かった。

途中、青山大路《あおやまおおじ》で名物の星燈籠《ほしどうろう》を目にすることができた。

青山百人町《ひゃくにんちょう》に住む与力や同心たちが長い竿《さお》の先端に提灯《ちょうちん》を付け、道の左右に林立させる。そもそもは、二代将軍秀忠《ひでただ》の菩提を弔《とむら》うためにはじまったものらしいが、夜空に星をちりばめたかのような光景があまりに美しいので、歴代将軍も奨励《しょうれい》する夏の風物詩となった。

「今生《こんじょう》の見納めじゃ。できれば、夜に来たかったのう」

山田は感慨深げにつぶやいたが、三左衛門は聞こえないふりをした。

頼まれれば、助太刀をするつもりだった。

だが、よもや、頼まれることはあるまい。

こちらから言いだせば、断られるはずだ。

ただし、見届人ならば文句はなかろう。

万が一のときは、山田の骨を拾ってやる覚悟はできている。

柄にもなく、気分が昂揚してきた。

七年越しの念願がかなうかどうかの瀬戸際《せとぎわ》に、立ちあうことができるのだ。

こうした機会は、一生に何度もあるものではない。

ふたりは脇道に逸れ、百人組の組屋敷や小大名の下屋敷を横目にしながら道をすすんだ。

やがて、南瓜畑《かぼちゃばたけ》の向こうに、大きな蓮池《はすいけ》が見えてきた。

「長者《ちょうじゃ》ケ池《いけ》じゃ」

水草の浮いた川面に、水鳥がすいすい泳いでいる。

釣り人の影すらもなく、閑寂《かんじゃく》としたものだ。

静謐《せいひつ》な池畔《ちはん》の片隅には、こんもりとした雑木林が見えた。

雑木林の深奥には、雑草に覆われた荒れ寺があるはずだ。

空はにわかに掻き曇り、冷たいものが落ちてくる。

それは瞬く間に、叩きつけるほどの驟雨となり、長者ヶ池を銀色の幕で覆った。

「盆の雨じゃな」

七年前、長吉が斬られたときも、同じような激しい雨が降っていた。

泥濘《ぬかるみ》と化した地をすすむと、朽ちはてた寺が見えてきた。

左右には篝火《かがりび》が焚かれ、覆いのもとで炎を放っている。

閉めきられた観音扉《かんのんとびら》の内側には、殺気が充満していた。

敵は大人数で、黴臭《かびくさ》い伽藍《がらん》に潜んでいるようだ。

「おりゃ……っ」

ばんと、観音扉が内から蹴破られた。

「ぬひょひょ、来やがったな。老い耄れめ」

呵々《かか》と嗤《わら》ってみせるのは、せんぶりの万平だ。

「よくも、雷光を可愛がってくれたな」

万平はそう言い、首を振る。

頭に晒《さらし》を巻いた雷光が、押しだしてきた。

野太い腕のなかに、武家娘を抱えている。

「うおっ」

山田が目を剥いた。

雷光が抱えているのは、百合にほかならない。

猿轡《さるぐつわ》を填《は》められ、後ろ手に縛られている。

髷《まげ》は乱れ、唇は紫に腫れあがっていた。

「ざまあみやがれ」

うそぶく雷光を制し、万平が口をひらいた。

「調べさせてもらったぜ。七年前に別れた娘だってじゃねえか。へへ、西片の旦那は抜け目がねえ。居合名人のおめえに、白刃を抜かせねえ算段だとさ」

山田は、血が滲むほど唇を噛んだ。

「卑怯者《ひきょうもの》め。西片はどうした」

「さあて。どうしちまったのか。おれにゃわからねえ」

万平はふざけた調子で言い、後ろに控えた乾分どもは笑いころげる。

数は、ぜんぶで二十人を超えていよう。

いずれも鉢巻に襷掛《たすきが》けをほどこし、手に手に得物《えもの》を携えている。

「万平さんよ」

三左衛門が、横から口を挟んだ。

「どうしておぬしは、そこまで用心棒ずれの肩を持つのだ。何か、弱みでも握られておるのか」

「ふん、瓜実野郎《うりざね》め。てめえなんぞに言ってもはじまらねえが、西片の旦那は、おれにとっちゃ懐刀《ふところがたな》みてえなもんよ。剣術だけじゃねえ。頭も切れる。よく切れる刃物ってのは、そうそう見つかるもんじゃねえ。おれはこれから、川向こうにも縄張りをひろげていかなくちゃならねえんだ。そのためにゃな、よく切れる刃物がどうしても要るのよ」

「ふうん。そういうことか」

「こんなところで、躓《つまず》いてなんぞいられねえのさ」

万平は百合に顔を近づけ、ぺろんと頬を舐める。

「うわっ、やめろ」

山田は叫び、駆けだそうとした。

「おっと、待ちやがれ。そこから一歩でも動いてみろ。娘の命はねえぞ」

雷光が段平を抜き、百合の胸元を刃で撫でまわす。

「ぐへへ、膾《なます》にしちまうぜ」

進退窮《しんたいきわ》まった。

山田も三左衛門も、動くことができない。

万平は怒鳴った。

「娘は助けてやるよ。ただし、条件がひとつある」

「何だ」

苦々しげに叫ぶ山田に向かって、万平は言いはなつ。

「腹を切れ」

「何だと」

「そこに座って、皺腹を掻っさばけ。ふふ、ちょうどいい。瓜実野郎、おめえが介錯《かいしゃく》してやれ」

ぎりっと、三左衛門は奥歯を嚙みしめた。

「地べたに老い耄れの首が転がったら、娘の縄は解いてやろうじゃねえか。へへ、できねえか、やっぱりな」

重苦しい沈黙が流れ、山田はその場に両膝を落とした。

「ほほう、その気になりやがった。やっぱり、娘のことが可愛いとみえる」

万平の高笑いを無視し、山田は垢《あか》じみた襟を左右に開いた。

「浅間どの。すまんが、介錯を頼む」

「何を仰る」

「ほかに手はない。やってくれ。わしの皺首を断ってくれい」

「んなこと、できるか。どうせ、やつらは百合どのも殺める気だ。腹を切っても、無駄死にですぞ」

「ほかに、何ができるというのじゃ」

「よいですか」

三左衛門は顔を寄せ、早口で囁いた。

「腹を切るふりをしてくだされ」

「ん」

「やつらを誘ってみせましょう」

「できるのか」

「一か八か、やるしかない」

「よし」

せんぶりの万平が、遠くで怒鳴った。

「何をごちゃごちゃ抜かしてやがる。とっととやれ」

「わかった」

三左衛門は、山田から大刀を借りうけた。

白刃を鞘走らせ、脇構えから背に隠す。

万平たちに向かって、大声を発した。

「おぬしら、見物するなら、もそっと近いほうがよいぞ。そこからでは、草しか見えぬだろう」

「けっ」

万平は唾を吐き、重い腰をあげた。

百合を抱えた雷光も、乾分たちも、ぞろぞろ蹤《つ》いてくる。

「もそっと近づけ」

万平や雷光が十間から内へ近づいてきたのを見定め、山田は脇差を抜いた。

作法にのっとり、白刃の先端を懐紙《かいし》で器用に巻いてみせる。

ここからさきは、阿吽《あうん》の呼吸だ。

「いやっ」

山田は奇声を発し、下腹に先端を突きたてた。

と同時に、三左衛門は上段からではなく、横薙ぎに白刃を払う。

「ひえっ」

気合いを発した刹那《せつな》、白刃は山田の頭上を掠《かす》め、三左衛門の手から離れた。

そのまま、まっすぐ糸を曳くように飛び、雷光の太いのどを串刺《くしざ》しにしたのだ。

「うぐっ」

仰《の》け反《ぞ》った雷光の腕を逃れ、百合は脇の草叢《くさむら》へ身を投げた。

「今だ」

三左衛門は猛然と駆けだした。

山田も遅れて駆けだす。

腹には掠り傷ひとつない。

三左衛門はまっすぐ万平に迫り、山田は百合を救いに向かった。

「来るな、来るんじゃねえ」

万平は腰を抜かし、段平を闇雲《やみくも》に振りまわす。

三左衛門は鼻先まで身を寄せ、小太刀を抜いた。

「おぬしは、いちど死んだほうがよい」

突きだされた段平を弾き、すっと白刃を突きだす。

眉間《みけん》を突くとみせかけて、内側から猛然と払った。

「ひぇっ」

髷が飛ぶ。

ざんばら髪の万平は、きょとんとしている。

あと一寸低ければ、頭蓋《ずがい》を皿のように削《そ》いでいただろう。

「鮟鱇め、つぎは吊し切りにするぞ」

三左衛門は吐きすてるや、びゅっと切っ先を向けた。

「うへっ、ひぇええ」

万平は惨めな声をあげながら、一目散《いちもくさん》に逃げていく。

乾分たちも、蜘蛛《くも》の子を散らすようにいなくなった。

これで、少しは改心するだろう。

草叢を踏みわけてみれば、娘は父の腕のなかでぐったりしている。

「喋る気力もないのだわ」

山田は、泣き笑いの顔で言った。

「万平を斬らなんだな。おぬしは偉い。わしにはまねができぬ」

雨はいつのまにか、熄《や》んでいた。

涼風が吹き、荒れ寺の観音扉がぎっと軋《きし》みをあげる。

ひょろ長い人影がひとつ、伽藍の内からあらわれた。

「遊びは、ここまでにしよう」

薄闇のなかから殷々《いんいん》と、殺気の籠もった声が聞こえてきた。

十一

篝火がぱちぱち音をたてている。

炎に照らされた男の顔は醜く、頑《かたく》なに閉じた右目には鉄砲蚯蚓《てっぽうみみず》が這ったような刀傷が見受けられた。

「山田孫四郎、おぬしに斬られた跡だ。この傷がわしの人生を狂わせた」

「ほう、最初から狂っておったのではないのか」

「黙れ。わしが真に狂うたのは、右目を失ってからさ。この恨み、いつかは晴らしてやりたいと念じておった」

「ふん、たがいに恨みを募らせておったわけか」

山田はのっそり立ちあがり、雷光の屍骸に近づいた。

のどに刺さった刀をずぼっと引きぬき、手綱染めの袖で血を拭う。

腰に差した黒鞘に、鮮やかな手並みで本身を納めた。

「されば、決着をつけようか」

「のぞむところ」

西片は破れかけた庇下《ひさしした》から怪鳥《けちょう》のように飛びおり、大股で近づいてきた。

十間の間合いから、ずんずん内へ踏みこんでくる。

凄まじい殺気だ。

七年前の一件以来、修羅道《しゅらどう》を彷徨《さまよ》ったふたりの対決は、見る者の目を釘付けにした。

双方とも、抜こうとしない。

すでに、鞘の内から闘いは始まっていた。

かたわらに佇む百合も、固唾を呑んで見守っている。

父の勝利を祈念しつつも、剣客として勝負の行方を見定めたいおもいがあるようだった。

西片は、ゆっくり本身を抜いた。

脇構えから刃を背に隠し、左肩を押しだす。

――松風。

という必殺技をおもいだした。

教えてくれたのは、山田にほかならない。

初めて出逢った仇討ちの修羅場で、若侍に一縷の望みを賭けたときだ。

三左衛門は、あのときのような奇蹟を期待した。

西片の所作には、一分の隙もない。

直心影流を修めたのは事実であろうし、それ以上に、場数を踏んできたことも容易に察せられた。

背後に隠された刃は、多くの血を吸ってきたのだろう。

山狗も市右衛門も、死に神の皮をかぶった隻眼《せきがん》の男に首を飛ばされた。

「わしはな、七年前のわしではないぞ。実家に縁を切られてからは、辛酸《しんさん》を舐めつくしてきた。強くあらねば、山狗のように野垂れ死ぬしかない。その恐怖に脅えながら、剣の修行を積んだ。血の滲むような修練のすえに、修羅の剣を会得《えとく》したのだ。わしは十指に余る人を斬ってきた。おぬしの居合は通用せん。ひょえ

「……っ」

西片は奇声を発し、地べたを蹴った。

撃尺の間合いを越え、ふたつの影が交錯《こうさく》する。

その直前、山田は本身を抜いた。

――しゅっ。

鋭い煌めきが、火花を散らす。

一合交え、ふたりは左右に分かれた。

「ぬぐ」

山田は、がくっと片膝をつく。

「父上」

百合が叫んだ。

「大事ない。傷は浅い」

どうやら、脇胴《わきどう》を抜かれたらしい。

山田は刀で身を支え、正面の仇を睨みつける。

西片は構えを解き、肩を揺すって笑った。

「ぬふふ、やはり、おもったとおりだ。おぬしの剣は通用せん。居合は抜き際の初太刀がすべて。その機を逃せば勝ち目はない。太刀筋は見切った。つぎは地獄へおくってやる」

「やるがよい」

山田はすっくと立ち、刀を鞘に納めた。

「懲《こ》りないやつめ」

西片の言ったとおり、山田にほぼ勝ち目はない。

それでも、一縷の望みを託し、三左衛門は動かずにいた。

——一縷の望み。

好運は、予期せぬところから訪れる。

「地獄へおくってやる」

西片は八相に掲げた本身を、またもや脇構えにさげ、本身を背中に隠した。

松風だ。

巻きつけるように払う必殺の技で、首を飛ばす気なのだろう。

「ぬおっ」

低い姿勢から、死神は駆けよせた。

と、そのとき。

山田が、にやりと笑った。
まるで、勝利を確信したかのように。
西片にもわかった。
「小癪《こしゃく》な」
必殺の刃が、鞭のように撓《しな》る。
――ぶん。
刃風が唸り、横薙ぎの一撃が繰りだされる。
山田は大胆にも踏みこみ、不意に消えた。
「あれ」
西片の白刃は唸りをあげ、山田の頭上を擦りぬける。
と同時に、鋭い煌めきが奔った。
山田の白刃だ。
ばっと、胸乳《むなぢ》を裂く。
「ぬぐ……ふ、不覚」
西片の左目は、真下に穿《うが》たれた深い穴を見つめていた。
山田は片足を穴に落とし、仇の視野から一瞬にして消えたのだ。

いつぞやの、駒込富士を背にした野面で、若侍が勝ちを拾った好運を再現しているかのようだった。

無論、狙ってできることではない。

そこに穴が穿たれていたことこそ、奇蹟にほかならなかった。

「長吉、長吉よ」

山田は夥《おびただ》しい返り血を浴びつつ、天に向かって吠えている。

「父上、父上」

百合は泣きながら、本懐を遂げた父の肩に抱きついた。

ふたたび降りだした雨が、七年の苦労を洗いながしていく。

それにしても、人生とは皮肉なものだ。

何事かを為し遂げた者には、死が待ちかまえている。

父に死期が近づいていることを、娘も直感でわかっていた。

今を惜しむかのように、父と娘はしっかり抱きあっている。

三左衛門は、天を恨みたくなった。

雨脚は、いっそう激しさを増していく。

ついに篝火も消え、すべては深い闇に包まれた。

十二

文月の二十六夜は月に願掛けをおこなう月待ち。明け方白みかけた東の空に昇る月を待ちながら、去る夏を惜しみつつ、大勢で無礼講《ぶれいこう》の酒盛りをやる。

三左衛門は百合を誘い、麹町善国寺谷の居酒屋を訪れた。

「すべては、ここからはじまった。父上は、そう仰った」

百合はつぶやき、新たに吊された軒提灯《のきぢょうちん》を仰いだ。

提灯の表には『長吉』とある。

「さあ、まいろう」

戸を開け、敷居をまたいだ。

常連たちの歓声が、どっと押しよせてくる。

「さあ、こちらへ」

導かれた床几に腰を落ちつけたところへ、幼い娘がやってきた。

「おいちゃん、はいこれ。おっかさんからだよ」

厄除けの麦藁蛇を差しだすのは、おしゅんの娘だ。

三左衛門は麦藁蛇を受けとり、罅割《ひびわ》れた壁に飾りつけた。

「浅間さま、ありがとうございます」

張りのある声が、へっついのそばから聞こえてくる。

おしゅんがいた。

糊のきいた千筋《せんすじ》の着物に柿色の襷《たすき》をかけ、七年前からずっとそこにいたように微笑んでいる。

「やっぱり、長吉は女将さんじゃねえと、務まらねえぜ」

庖丁を握る龍次が、嬉しそうに笑った。

今月いっぱいで取り壊され、更地《さらち》になるはずの土地を、魚河岸の親方が買ったのだ。

そして、暮らしのあてを失ったおしゅんを、是非にと女将に迎えた。

親方は長吉の仇を討った山田孫四郎の俠気に惚れ、縁のあった長吉の見世が存続できるようにはからってくれた。

それが、今は亡き山田孫四郎の望みでもあった。

「さあ、呑みやしょう」

龍次が音頭を取り、みなで杯をあげる。

おしゅんも百合も、一気に酒を呷《あお》った。

「さあ、山田さまのぶんも呑みやしょう」

龍次の陽気さが、百合にとっては救いかもしれない。

誘ってよかったなと、三左衛門はあらためておもった。

父と水入らずで過ごすことのできた数日は、百合にとってかけがえのないものになったことだろう。

「できれば、父も連れてきたかった」

百合は赤い顔で、そっと本音を漏らす。

陰通夜《かげつや》のように、しんみりとした気分になった。

だが、三左衛門は、山田がこの見世にいるような気がしていた。

床几の片隅にぽつんと座り、渋い顔で酒を愉《たの》しんでいるのだ。

おしゅんの娘が、おぼえたばかりの盆々歌を口ずさんでいる。

「ぼんぼんの十六日にお閻魔さまへ参ろとしたら、数珠《じゅず》の緒が切れて鼻緒《はなお》が切れて、南無釈迦如来《なむしゃかにょらい》、手で拝む」

耳を澄ませば、両国のほうから花火の爆《は》ぜる音が聞こえてくる。

明け方の日の出は、まだずっとさきだ。

「今宵はとことん、付きあってやろう。ふははは」

山田孫四郎の豪快な笑い声が、三左衛門には確かに聞こえていた。

※本書は２０１０年７月に小社より刊行された作品に
加筆修正を加えた「新装版」です。

双葉文庫

さ-26-45

照《て》れ降《ふ》れ長屋風聞帖《ながやふうぶんちょう》【十四】

盆《ぼん》の雨《あめ》〈新装版《しんそうばん》〉

2021年7月18日　第1刷発行

【著者】

坂岡真《さかおかしん》

【発行者】

箕浦克史

【発行所】

株式会社双葉社

〒162-8540 東京都新宿区東五軒町3番28号
［電話］03-5261-4818(営業)　03-5261-4833(編集)
www.futabasha.co.jp(双葉社の書籍・コミックが買えます)

【印刷所】

中央精版印刷株式会社

【製本所】

中央精版印刷株式会社

【フォーマット・デザイン】

日下潤一

ISBN978-4-575-67061-5 C0193
Printed in Japan